# Das Monster aus der Tiefe

Patrick Lagrou

**Patrick Lagrou** ist nie gerne zur Schule gegangen. Das war ihm viel zu langweilig, denn er wollte schon mit acht Jahren Entdeckungsreisender werden. Und so ging er auch bereits mit achtzehn Jahren auf Weltreise – er war auf Hawaii, Mauritius und Tahiti, in Thailand, Ägypten, Kalifornien (wo er das Tauchen lernte) und in vielen Ländern Afrikas. Er drehte Filmreportagen und schrieb alle spannenden Erlebnisse auf. Als seine Kinder auf die Welt kamen, blieb er öfter in Belgien und fing an zu schreiben. 1992 erschien der erste Band der Reihe »Insel der Delfine«, die in seiner Heimat ein großer Erfolg wurde.

Insel der Delfine

# Das Monster aus der Tiefe

Patrick Lagrou

Aus dem Niederländischen
übersetzt von Sonja Fiedler-Tresp

Klopp · Hamburg

FSC
Mix
Produktgruppe aus vorbildlich bewirtschafteten Wäldern und Recyclingholz oder - fasern

Zert.-Nr. SGS-COC-003091
www.fsc.org
© 1996 Forest Stewardship Council


Die Originalausgabe erschien unter dem Titel
»Het monster uit de diepte« in Belgien und den Niederlanden bei
Clavis Uitgeverij, Hasselt-Amsterdam

Aus dem Niederländischen von Sonja Fiedler-Tresp
Einband von Silvia Christoph
Druck und Bindung: Bercker Graphischer Betrieb, Kevelaer
Printed in Germany 2010
ISBN 978-3-7817-1197-6

**www.erika-klopp.de**

# Prolog

*Monster aus der Tiefe des Meeres*

*Der Große Weiße Hai ist das gefräßigste und gefährlichste Tier, dem ein Mensch begegnen kann. Er wird nicht umsonst auch »Der weiße Tod« genannt. Er ist zweifellos das schrecklichste Monster, das die Meere jemals hervorgebracht haben. Seinen schlechten Ruf verdankt das Tier wahrscheinlich seiner geisterhaften weißen Erscheinung.*
*Zweifellos hat dieses riesige Tier eine unwirkliche und auch boshafte Aura. Es heißt, dass, wenn ein Taucher dem Großen Weißen Hai Auge in Auge gegenübersteht, dies das Letzte ist, was er in seinem Leben sieht …*
*(aus: Theo W. Brown, »Sharks«, 1973)*

*Und dann erkannte ich, was es war. Acht Fangarme eines ungeheuren Seepolypen, jeder einzelne mit griffbereiten schleimigen Saugnäpfen, kreisten über mir und um mich herum; sie kamen aus allen Richtungen auf mich zu und tasteten sich an mich heran. Das Ungeheuer wälzte seinen dicken, unheimlichen und widerwärtig anzusehenden Körper durch das Was-*

*ser. Kein Zweifel, ich hatte das Untier bei dem Versuch, die Korallenhöhle zu erkunden, aufgeschreckt. Jetzt hieß es, mein eigenes Leben zu retten ...*
*(aus: Harry E. Rieseberg, »Ich tauche nach Schätzen«, 1942)*

*Zwischen den Mangroven, in den düsteren Tiefen der Brackwassersümpfe, hält sich ein riesiges Reptil verborgen. Um an menschliche Beute zu kommen, lässt es sich sogar auf Kämpfe mit Haien ein. Dieses furchterregende Geschöpf ist das Große Meereskrokodil, größer und grausamer als jedes andere seiner Art. Dieses Untier, ein echter Menschenfresser, wird an vielen Orten der Welt mehr gefürchtet als der Hai. Wie viele Opfer das Monster schon auf dem Gewissen hat, ist unmöglich zu sagen. Aber ohne Zweifel ist die Zahl groß …*
*(aus: Edwart R. Ricciuti, »Killers of the Sea«, 1973)*

# EINS

*Samstag, 18. März*

Auf der Krone einer Fächerpalme ließ sich ein früher Gelbspötter nieder. Durch das Gewicht des Vogels schwankte das Palmblatt ein paarmal hin und her. Als es sich schließlich beruhigte, begann das Konzert. Der Moment war perfekt gewählt. Die Morgensonne, die gerade über dem Atlantischen Ozean aufging, hatte die Spitze der Hügelkette erreicht und setzte die karibische Küste von Long Island in Flammen. Auch an dieser Seite der Insel würde die Morgenfrische bald weichen.

Mehrere Kilometer entfernt bewegte sich ein kleiner Punkt im Meer. Es war ein Fischerboot, das in voller Fahrt auf Long Island zusteuerte. An Bord des Kahns war Blondie. Er raste in einem Tempo dahin, als wäre ihm der Teufel auf den Fersen. Und obwohl die Sonne ihm jetzt direkt in die Augen schien, zitterte er in seinen nassen Kleidern. Noch nie zuvor war er so schnell gefahren. Er wollte die Insel so schnell wie möglich erreichen, denn dies war eine Angelegenheit, die alle anging. Sämtliche Inselbewohner mussten schnellstmöglich benachrichtigt werden.

Blondie war am frühen Morgen zum Krebsfang aufgebrochen. Bis gestern Abend hatte noch ein kräftiger Ostwind geblasen, der ihn fast eine Woche lang am Ausfahren gehindert hatte. Aber heute konnte er endlich wieder loslegen. Wie ein Schmuggler hatte er am Morgen so lange wie möglich von der Dunkelheit profitiert, denn er wollte nicht, dass irgendjemand ihn mit den Kanistern erwischte. Sie waren mit Bleichmittel gefüllt. Er benutzte das Zeug schon seit Jahren, um damit die Krebse aus ihren Löchern zu locken. So war es ein Kinderspiel, die Viecher mit der Harpune aufzuspießen. Blondie wusste nur allzu gut, dass es verboten war, auf diese Weise zu jagen. Trotzdem hatte ihn noch nie jemand auf frischer Tat erwischen können. Dass Mister Jansen ihn schon mehrmals gewarnt hatte, fand er sogar richtiggehend ungerecht. Konnte er denn etwas dafür, dass er hier der einzige Schwarze mit blonden Haaren auf dem Kopf war? Was hatte das denn mit dem Bleichmittel zu tun?

Nachdem er ungefähr eineinhalb Stunden lang zügig gefahren war, hatte er kurz vor Sonnenaufgang das Conception Reef erreicht. Oberhalb des Korallenriffs hatte er den Anker ausgeworfen und die zwei Kanister mit Bleichmittel ins Meer gekippt. Für die Korallen war das tödlich, aber das interessierte ihn nicht im Geringsten. Es gab genügend Korallen im Meer. Und ihm brachte es eine Menge Krebse ein. Das war das Wichtigste.

Nachdem Blondie seine Taucherbrille und die Schwimmflossen angelegt hatte, war er ins Wasser gesprungen. Was er dann sah, dort unten in der Tiefe, würde er für den Rest seines Lebens nicht mehr vergessen.

Trotz der frühen Morgenstunde war auf dem kleinen Flugplatz von Dead Mans Cay viel Betrieb. Ben Jansen stieg als letzter Passagier an Bord des Linienflugzeugs der Bahamas Air. Er winkte seinem Sohn noch kurz zu und verschwand dann in dem dunklen Loch der Flugzeugtür.

Sofort begannen die beiden Motoren zu dröhnen. Die Gangway wurde eingezogen und die Flugzeugtür schloss sich. Der Pilot zog die beiden Gashebel ein Stück nach hinten, die Schrauben drehten sich schneller und langsam setzte sich das Propellerflugzeug in Bewegung. Das Heck war dem offenen Flughafengebäude zugewandt. Dort unterhielten sich fünf Frauen. Auf einmal wurden sie von der Wucht der sich drehenden Motoren beinahe weggeblasen. Die Hüte flogen ihnen davon, ihre weiten Röcke wurden hochgehoben und jeder konnte ihre rosa Unterwäsche sehen.

Normalerweise hätte Michael darüber herzlich gelacht. Aber jetzt musste er gerade widerwillig Abschied von seinem Vater nehmen, der heute für eine längere Zeit auf Reisen ging. Es war das erste Mal, dass er so lange wegblieb, seit die ganze Familie wieder vereint war. Bisher war er nur ein paarmal kurz fort gewesen, je für eine Woche in den USA, um an einem Kongress über Wale teilzunehmen oder um an irgendeiner Universität eine Vorlesung zu halten. Seit seiner Rückkehr nach Long Island hatte Ben Jansen als Biologe so manche interessante Feldstudie durchgeführt. Zusammen mit Michael studierte er die verschiedenen Delfinfamilien, die in der Umgebung der Insel lebten, und beobachtete außerdem zwei Mal im Jahr den Zug der Buckelwale. Sein Sohn hatte sich dabei als sehr wertvoller Assistent entpuppt.

Als daher vor einigen Wochen recht unerwartet diese Einladung gekommen war, hatte Michael gehofft, dass er seinen Vater begleiten dürfte. Er war sehr enttäuscht, als er hörte, dass das nicht ging. An dem Projekt im Stillen Ozean sollten nur erfahrene Wissenschaftler teilnehmen. Warum das so streng geregelt war, konnte sein Vater ihm nicht sagen. Auch er würde die Details erst zu einem späteren Zeitpunkt erfahren.

Dass sein Vater wegfuhr, gefiel Michael gar nicht. Außerdem war er jetzt ganz alleine. Am Anfang der Woche war nämlich seine Mutter für acht Tage nach New York gereist, zu einem Treffen mit ein paar Freundinnen, das schon seit Monaten geplant war. Er würde also einige Tage alleine zu Hause sein. Aber das war seine geringste Sorge.

Das Flugzeug erreichte den Beginn der Startbahn und machte sich für den Abflug bereit. Mit dröhnenden Motoren raste es vorwärts. Auf der Höhe von Michael und den anderen Zuschauern hob es vom Boden ab. Für den Bruchteil einer Sekunde sah Michael seinen Vater hinter dem Fenster winken. Dann stieg das rasende Monster in die Luft.

Ben Jansen sah fasziniert durch das Fenster des Flugzeugs. Wie jedes Mal genoss er auch jetzt die schöne Landschaft. Unter ihm lagen ein Teil der Insel und das türkisblaue Karibische Meer. Er sah den hellen, schmalen Streifen, den ein kleines Boot durch das Wasser zog, und erkannte darin sofort Blondies Fischkutter, der gerade den Strand erreichte. Was war der Kerl heute schon früh zurück. War vielleicht etwas schiefgegangen?

Als sich die Insel in der Ferne verlor, wandte sich Ben Jansen vom Fenster ab. Er zog einen Krimi aus der Tasche und begann zu lesen.

Michael wurde von Minute zu Minute nervöser. Heute war ganz offensichtlich nicht sein Tag. Er wartete schon mehr als eine halbe Stunde.

Vor einer knappen Stunde war er wie der Blitz vom Flugplatz nach Hause geradelt, denn er wollte pünktlich sein. Und jetzt tauchte dieser Cleophas gar nicht auf. Der grüne Regenwassertank musste dringend gereinigt werden und das konnte Michael unmöglich alleine tun. Darum hatte er gestern mit dem alten, aber noch sehr fitten Cleophas verabredet, diese schmutzige Arbeit gemeinsam zu erledigen. Cleophas war immer pünktlich und ließ ihn nie im Stich, etwas, was man von den meisten anderen Bewohnern der Insel nicht unbedingt behaupten konnte.

Als Cleophas eine halbe Stunde später immer noch nicht da war, wusste Michael, dass etwas geschehen sein musste. Er lief hinaus, griff sein Mountainbike und fuhr zurück in Richtung Dead Man's Cay.

Auf dem Weg dorthin fiel ihm auf, dass er niemandem begegnete. Und als er die ersten Häuser des Dorfes erreichte, merkte er, dass im ganzen Dorf niemand zu sehen war. Das Haus von Mike Pratt, das am Bootssteg lag, war Hals über Kopf verlassen worden. Heute Morgen hatten dort noch sechs Arbeiter singend geschuftet. Jetzt lag die Werft leer und verlassen da. Die Männer hatten sich nicht einmal die Zeit genommen, den hart werdenden Mörtel aus den Eimern und Schubkarren zu gießen.

Auch in den vielen Gemüsegärten war niemand zu sehen. Zu dieser Tageszeit war normalerweise fast jeder bei der Arbeit. Aber jetzt sah Michael überall achtlos hingeworfene Harken und Schaufeln.

Er begriff gar nichts mehr. Selbst die Schule, in der es sonst so betriebsam zuging, wirkte wie ausgestorben. Er spähte durch die weit offen stehenden Fenster und sah die Hefte ordentlich aufgeschlagen auf den Tischen liegen. Sogar im nahe gelegenen Dorfcafé, das nie geschlossen hatte, weil immer jemand Durst hatte, war jetzt niemand zu sehen.

Als Michael sich keinen Rat mehr wusste, fuhr er zur örtlichen Polizeistation. Dort war immer irgendwer. Und tatsächlich traf er dort jemanden, wenn auch nicht den diensthabenden Beamten. Der war verschwunden. Seine Mütze lag noch auf dem Schreibtisch. Derjenige, der da war, begann an den Gitterstäben zu rütteln, als er Michael hereinkommen sah. Michael erkannte ihn sofort. Es war Percy, der größte Säufer der Insel. Er trieb es oft so bunt, dass er die Nacht in der Zelle verbringen musste.

»Lass mich schnell hier raus!«, rief er und zeigte auf den Schlüsselbund, der noch neben der Mütze auf dem Schreibtisch lag.

»Wo sind denn alle anderen?«, fragte Michael.

»Ich weiß es nicht. Vor einer Stunde war plötzlich große Aufregung im Dorf. Dann sind alle davongelaufen.«

»Wohin?«

Percy wies in westliche Richtung.

»Und du bist hier zurückgeblieben?«

»Ja, was hast du denn gedacht? Sie waren so aufgeregt, dass sie mich einfach vergessen haben. Jetzt gib mir schnell den Schlüssel.«

Michael wollte ihm den Schlüsselbund schon fast geben, zögerte aber noch.

»Auf geht's, Junge«, rief der Mann. »Ich habe meinen Rausch ausgeschlafen, und jeder weiß, dass der gute alte Percy keiner Fliege was zuleide tut, wenn er nüchtern ist.«

Michael wusste, dass Percy recht hatte. Er griff nach den Schlüsseln und warf sie ihm zu. Percy fing sie geschickt auf, ein eindeutiger Beweis, dass er wieder nüchtern war. Als er sich selbst befreit hatte, klopfte er seinem Befreier freundschaftlich auf die Schulter und schlug vor, sich zusammen auf die Suche nach den anderen Dorfbewohnern zu begeben.

Jetzt, wo Michael wusste, in welche Richtung die Leute geflüchtet waren, war es nicht so schwer, der Spur der Menschenmenge zu folgen. Er und Percy verließen das Dorf und liefen zur karibischen Küste der Insel.

Als sie am Strand ankamen, sahen sie überall zurückgelassene Fahrräder, Mofas und kreuz und quer geparkte Autos. Bis auf zwei waren alle Boote verschwunden. Die Kähne waren offensichtlich sehr schnell zu Wasser gelassen worden. Überall lagen Planen herum, niemand hatte sich die Mühe gemacht, sie zusammenzufalten und mitzunehmen.

Percy suchte den Horizont ab. Die kleine Flotte konnte doch nicht einfach so verschwunden sein.

»Da!«, rief er auf einmal. »So was habe ich noch nie gesehen. Sieh mal zu den kleinen Flecken ganz weit draußen!«

Michael strengte seine Augen an und tatsächlich konnte er kilometerweit entfernt im Meer dicht beieinander viele kleine Punkte ausmachen.

»Warte!«, rief er. »Ich hole mein Fernglas.«

Er lief zu seinem eigenen Boot, das einsam am Strand lag. Es war aus Kunststoff und hatte in der Mitte eine große Box, die mit einem Vorhängeschloss gesichert war. Er stocherte kurz mit dem Schlüssel im Schloss herum, dann sprang es auf. Michael griff nach seinem Fernglas und spähte damit zum Horizont.

»Und? Was machen sie?«, fragte Percy, der ihm gefolgt war.

»Ich sehe nur Boote. Dutzende von Booten, die nebeneinander vor Anker liegen. Aber es sieht aus, als wäre niemand an Bord.«

»Das kann ja gar nicht sein! Gib her und lass mal den guten alten Percy gucken.«

Michael reichte ihm das Fernglas.

»Du hast verdammt noch mal recht«, brummte der Mann. »Es ist kein Schwein an Bord. Wie eigenartig.«

Für einen Moment schwiegen sie.

»Komm, Junge!«, rief Percy. »Lass uns auch hinfahren. Ich möchte das genauer wissen. Du kannst in meinem Boot mitkommen. Das fährt ein bisschen schneller als deins.«

Bevor Michael die Box wieder verschloss, holte er noch schnell seine Tasche mit der Schnorchelausrüstung heraus. Eine Minute später lag Percys Boot im Wasser.

Das Propellerflugzeug der Bahamas Air kam endlich zum Stehen. Die Tür öffnete sich und die Gangway wurde ausgefahren. Ben Jansen stieg als Erster aus. Eilig lief er über den Asphalt zum Flughafengebäude von Nassau. Der Inlandsflug hatte länger gedauert als erwartet. Zum Glück würde er bei den Formalitäten keine Zeit verlieren.

Statt auf sein Gepäck zu warten, durchquerte er die Lobby und stieg die Treppe zum Restaurant hinauf. Er drückte die Glastür auf, blickte sich um und sah auf den ersten Blick, wer auf ihn wartete. In einer Ecke des Restaurants saßen zwei Männer in vornehmen Anzügen. Sie fielen zwischen den vielen Touristen in Freizeitkleidung sofort auf.

Als er an ihren Tisch kam, bot ihm einer der beiden einen Stuhl an. Ben Jansen begrüßte sie, entschuldigte sich für die Verspätung und setzte sich. Einen der Männer kannte er. Er hatte ihn auf einem Kongress über Walfische kennengelernt, und er war es auch, der den Kontakt zu ihm aufgenommen hatte. Den anderen hatte er noch nie gesehen. Er war von asiatischer Herkunft und ganz offensichtlich nicht von hier. Ben Jansen fragte sich, welchen wichtigen Grund sie haben konnten, ihn hier persönlich treffen zu wollen. Bisher waren sie ausgesprochen vage gewesen. Trotzdem gab es genügend Einzelheiten, die seine Neugierde geweckt hatten. Darum war er auf die Einladung eingegangen.

»Pass auf, Ben«, begann die Kontaktperson. »Du darfst es uns nicht verübeln, dass wir dir nicht gleich alles erzählen konnten. Dafür ist die Angelegenheit viel zu wichtig. Aber hier können wir gefahrlos reden. Ich schlage vor, dass Mister Wang zunächst erklärt, worum es geht. Dann würden wir gerne deine Meinung hören.«

Ben Jansen machte es sich etwas bequemer. Er war gespannt, was der seltsame Mister Wang ihm zu erzählen hatte.

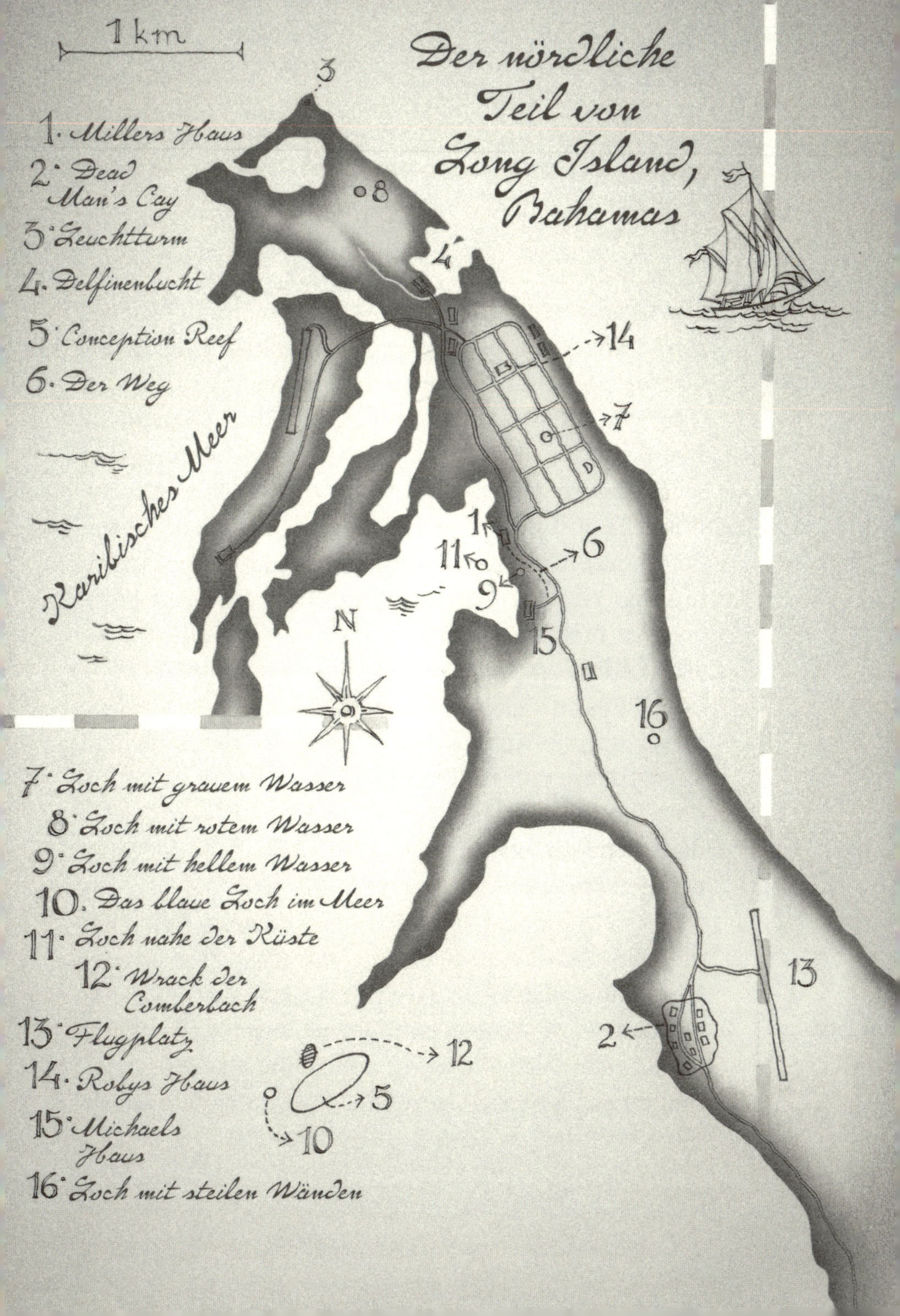
1 km
Der nördliche Teil von Long Island, Bahamas
1. Millers Haus
2. Dead Man's Cay
3. Leuchtturm
4. Delfinenbucht
5. Conception Reef
6. Der Weg
Karibisches Meer
N
7. Loch mit grauem Wasser
8. Loch mit rotem Wasser
9. Loch mit hellem Wasser
10. Das blaue Loch im Meer
11. Loch nahe der Küste
12. Wrack der Comberbach
13. Flugplatz
14. Robys Haus
15. Michaels Haus
16. Loch mit steilen Wänden

# ZWEI

Das Gejohle war schon von Weitem zu hören. Weil das Karibische Meer spiegelglatt vor ihnen lag, wurden alle Geräusche weit über das Meer getragen.

So wie Michael es schon vermutet hatte, lagen alle Boote oberhalb des Conception Reef vor Anker. Hier hatte er noch nie getaucht, trotzdem kannte er das Riff nur zu gut. Immer wenn Roby ihn auf einem seiner Flüge nach Georgetown mitnahm, flogen sie darüber hinweg. Was Michael daran vor allem fasziniert hatte, war gar nicht so sehr das Riff selbst mit seinen tückischen Klippen, sondern das mysteriöse dunkelblaue Loch direkt daneben. Von der Luft aus gesehen bildete dieser dunkle Kreis einen scharfen Kontrast zu dem Türkis der umliegenden Sandflächen unter Wasser und dem Braungrün des Riffs. Vom Meer aus war von all dem nichts zu sehen. Nur das Durcheinander der dümpelnden Boote zeigte an, wo das Riff lag.

Als sie die Boote beinahe erreicht hatten, sahen sie, dass sämtliche Leute den Kopf unter Wasser hatten oder ganz untergetaucht waren. Percy begann zu rufen. Er fragte, was denn eigentlich los sei, bekam aber keine richtige Antwort. Alle waren vollständig damit beschäftigt, eine eigenartige, gestaltlose Masse nach oben zu bringen. Niemand schien Zeit zu haben, sich mit den beiden Neuankömmlingen zu beschäftigen. Schließlich konnte Michael seine Neugierde nicht mehr bezwingen. Er legte seinen Bleigürtel an, setzte die Taucherbrille auf und zog die Schwimmflossen an. Noch bevor Percy den Anker auswerfen konnte, war er schon komplett angezogen ins Wasser gesprungen. Eine Weile war er von einem Vorhang aus Luftblasen umgeben. Aber als diese wegzogen, entfaltete sich vor seinen erstaunten Augen ein unglaubliches Schauspiel. Das gesamte Korallenriff war mit Kleidern übersät. Von Jacken, Westen und T-Shirts bis zu Hemden, Röcken und Hosen in allen möglichen Größen und Farben. Die meisten Stücke hingen an den scharfen Spitzen der Korallen fest und wiegten sich im langsamen Takt der Wellen. Hier und da trieben Unterhosen und BHs wie Quallen durch das Wasser. Dazwischen tauchte eine Menschenmasse. Es waren vor allem Frauen und Kinder, die die Kleidungsstücke einsammelten. Sie kamen mit ganzen Bündeln in den Armen nach oben.

Michael fragte sich, wo die Männer waren, und schwamm über das Korallenriff hinweg. Er schlug dabei die Richtung ein, aus der die meisten Wäschestücke angetrieben wurden.

Auf einmal sah er am Rand des Riffs in ungefähr zehn Metern Tiefe eine graue Wand. Je dichter Michael herankam, desto besser wurden die Konturen sichtbar. Endlich begriff er, was los war. Vor ihm lag ein Schiffswrack, das wahrscheinlich während des Sturms der vergangenen Woche gesunken war.

Die Silhouette des gigantischen eisernen Gefährts war gegen den blauen Hintergrund deutlich zu sehen. Überall auf und um das Wrack herum lagen große Stoffballen, die zerrissen waren. Es war vermutlich genug, um alle Bewohner einer kleinen Stadt mit Kleidung zu versorgen.

Direkt oberhalb des Wracks lagen die meisten Boote vor Anker. An dem Wirrwarr von Leinen entlang, die unten befestigt worden waren, bewegten sich unentwegt Menschen auf und ab. Die meisten trugen nur eine Taucherbrille. Sie schwammen krampfhaft hinab und verschwanden im Bauch des Schiffes. Andere kamen mit prall gefüllten Taschen wieder nach oben. Die Leute arbeiteten so fieberhaft, dass Michael sich fragte, was es in dem Schiff wohl zu finden gab.

Auf einmal tippte ihm jemand auf die Schulter. Michael drehte sich um und sah Percy. Auch er trug etwas, das wie eine Taucherbrille aussah. Durch das Glas hindurch sah Michael, wie seine Augen glitzerten. Percy gab ihm ein Zeichen, ihm zu folgen. Zusammen tauchten sie zum Wrack. Sie schwammen in die dunkle Öffnung des Schiffsbauchs hinein. Er war voller herumwuselnder Menschen. Michael sah, dass Percy genau wie die anderen begann, sich wie ein Verrückter die Taschen vollzustopfen. Es dauerte einen Moment, bis seine Augen sich an die Dunkelheit gewöhnt hatten, aber dann erkannte er es deutlich. Der gesamte Laderaum war voll von Whiskeyflaschen, Tausende und Abertausende von Flaschen. Die Kartons, in denen sie verpackt gewesen waren, hatten sich aufgelöst. Jetzt begriff Michael, warum das ganze Dorf so unerwartet aktiv geworden war. Ein schöneres Geschenk des Himmels hätten sich die Menschen gar nicht vorstellen können. Bei vielen von ihnen ging schließlich ein ziemlich großer Teil von dem wenigen, was sie verdienten, für Alkohol drauf. Es war daher verständlich, dass jeder den Schatz so schnell wie möglich bergen wollte und dass niemand aufhören würde, bevor die Boote so vollgeladen waren, dass sie Gefahr liefen zu sinken.

Ohne auch nur eine Flasche in die Hand zu nehmen, kehrte Michael zur Wasseroberfläche zurück. Das ganze Schauspiel hatte ihn sehr beeindruckt, aber er hatte keine Lust, sich an der Plünderung zu beteiligen. Er wollte viel eher wissen, wo das Schiff herkam und warum es genau hier gesunken war. Ein neuer Tauchgang zum Wrack, um Verschiedenes zu untersuchen, schien ihm eine gute Idee. Aber erst einmal kehrte er noch kurz zu Percys Boot zurück, um die kleine Ponyflasche aus seiner Tauchtasche zu holen. Die winzige Pressluftflasche mit eingebautem Atemregler sorgte dafür, dass er fünf Minuten unter Wasser bleiben konnte. Vielleicht würde sie ihm jetzt noch von Nutzen sein.

Gerade als er wieder tauchen wollte, kam ein Delfin auf ihn zugeschwommen. Es war Derby. Das Tier hatte ihn bemerkt und war sofort gekommen. Michael war begeistert. Derby kam genau im richtigen Moment. Mit seiner Hilfe konnte er viel mehr erkunden.

Der Delfin drehte ihm den Rücken zu, sodass Michael lediglich die Rückenflosse packen musste. Er holte tief Luft und ließ sich von Derby nach unten ziehen. Sie schwammen zum vorderen Teil des Wracks. Am Bug konnte er problemlos den Namen des Schiffs lesen: *Comberbach*. Ein seltsamer Name. Michael hoffte, dass er ihn sich merken konnte. Er hatte nichts dabei, mit dem er sich unter Wasser Notizen machen konnte. Dann tauchte er noch schnell ein Stück tiefer, bis an die Stelle, an der das Schiff den Sandboden berührte. Dort hoffte er Spuren von der Kollision mit dem Korallenriff zu sehen. Er begutachtete den gesamten Schiffsrumpf. Aber sosehr er sich auch bemühte, er konnte nichts entdecken, was auf eine Beschädigung hinwies. Er hatte schon öfter Wracks gesehen, fast immer Schiffe, die mit einem Korallenriff in Berührung gekommen waren. Bei ihnen hatte der massive Stahl an der Stelle des Zusammenstoßes immer ausgesehen wie zerknitterte Pappe. Aber bei der *Comberbach* war alles ganz geblieben. Als ob ein Meeresungeheuer das Schiff in die Tiefe geschleudert hätte. Michael fand das Ganze zumindest eigenartig.

Erneut kehrte er nach oben zurück, um seine Lungen mit frischer Luft zu füllen. Dann tauchte er mit Derby zur Kapitänsbrücke. Die war schon geplündert. Alles, was nicht niet- und nagelfest war, war mitgenommen worden oder weggetrieben. Michael schaute auf die Uhr, die oben an der Wand hing. Sie war um kurz nach zwölf stehen geblieben. Das konnte unmöglich mittags gewesen sein, denn dann hätte sicher jemand den Untergang beobachtet. Nein, die *Comberbach* war bestimmt kurz nach Mitternacht gesunken.



Oben begab sich Michael mit Derby an den höchsten

Punkt des Korallenriffs. Wenn das Schiff das Riff gestreift hatte, dann konnte das nur hier geschehen sein. Aber auch an dieser Stelle war nicht die geringste Spur einer Beschädigung zu sehen. Es hatte also schlicht keinen Zusammenstoß gegeben …

Michael blieb nichts mehr, was er untersuchen konnte. Alles, was er gefunden hatte, waren ein Name und eine Uhrzeit. Vielleicht konnte Roby ihm weiterhelfen. Der kannte die meisten Schiffe, die hier vorbeikamen. Und was er nicht selbst wusste, konnte er immer über Funk nachfragen.

Michael drehte sich um und sah, dass Percy immer noch Flaschen nach oben brachte. Der würde also eine Weile beschäftigt sein. Das passte ihm gut. Wenn er ohnehin schon hier war, konnte er genauso gut dem blauen Loch einen Besuch abstatten. Es lag nicht weit von hier entfernt, und noch eine Möglichkeit, hierherzukommen, würde er wahrscheinlich nicht so schnell bekommen.

Um zum blauen Loch zu gelangen, musste Michael auf die andere Seite des Riffs schwimmen. Mithilfe von Derby würde das nur einige Minuten dauern. Der Delfin setzte sich in Bewegung und Michael glitt durch das Wasser. Sofort fiel ihm auf, dass hier beinahe keine Kleidungsstücke mehr auf dem Boden lagen. Diese Seite des Conception Reef hatte offensichtlich viel weniger unter der ungewohnten Verschmutzung zu leiden gehabt.

Je weiter sich Michael von der Mitte des Riffs entfernte, desto kleiner wurden die Korallen. Schließlich erreichte er den Rand der unter Wasser liegenden Sandfläche. Dort klaffte ein dunkles Loch. Es lag in einer Tiefe von ungefähr zehn Metern und war an allen Seiten von dem weißgelben Sand der Karibik umgeben. Michael schätzte den Durchmesser des blauen Lochs auf ungefähr fünfzig Meter. Als er ein Stück darüber schwamm, überkam ihn unerwartet ein seltsames Gefühl. Es war, als drohte die dunkelblaue Wassermasse ihn jeden Moment aufzusaugen. Michael fühlte, wie sein Herz schneller schlug, er drehte schnell um und schwamm über den Rand des Lochs hinaus. Sobald er wieder Sand unter sich hatte, fühlte er sich sicherer.

Es war das erste Mal, dass er im Wasser Angst bekommen hatte. Nie zuvor hatte er so etwas erlebt. War es lediglich die Angst vor dem Unbekannten gewesen, was an dieser Stelle so bedrohlich wirkte? Oder war da doch etwas in ihm, das ihn vor möglicher Gefahr warnen wollte? Eine Erklärung hatte er nicht. Alles, was er fühlte, war eine große Faszination für dieses mächtige Naturphänomen. Es zog ihn buchstäblich an. Was mochte da unten liegen?

Michael hatte Angst, aber er war auch sehr neugierig. Resolut fasste er einen Entschluss. Er würde das blaue Loch aus der Nähe betrachten, aber nur vom Rand aus, der sich in zehn Metern Tiefe befand. Erneut atmete er tief ein und tauchte zusammen mit Derby ab. Am Rand des Lochs stoppte er und starrte in die Tiefe. Von hier aus sah es genauso düster aus wie von der Oberfläche. Nach etwa zehn Sekunden hatten sich seine Augen an die Dunkelheit gewöhnt. Unten, in etwa dreißig Meter

Entfernung, glaubte er, einen lang gestreckten, bleichen Fleck zu erkennen. Zuerst dachte er, der Fleck würde sich bewegen. Aber dann schien er doch still zu stehen. Michael fragte sich, was das wohl sein konnte. Viel Zeit, sich darüber den Kopf zu zerbrechen, hatte er allerdings nicht. Seine Lungen verlangten nach frischer Luft, und von Derby mitgezogen, schoss er nach oben.

Als er wieder an der Oberfläche war, war er sich sicher: Da unten war etwas. Und es war alles andere als klein. Wenn er wissen wollte, was es war, müsste er tauchen und sich in das dunkle Höllenloch hinabbegeben. Michael schauderte bei dem Gedanken. Vor allem, weil ein Tauchgang in mehr als zehn Metern Tiefe ihn sehr viel Kraft kosten würde. Einmal hatte er nur mit der Luft seiner eigenen Lungen eine Tiefe von fast zwanzig Metern erreicht. Aber das war nach langem Training und von einem Boot oberhalb eines geschützten Riffs aus gewesen. Hier war er inmitten des Meeres über einem mysteriösen, dunklen Loch …

Er fühlte, wie ihn Derby sanft mit der Schnauze gegen die Hüften stupste, und erinnerte sich an die Ponyflasche, die an seinem Gürtel hing. Damit konnte er längere Zeit unter Wasser bleiben. Außerdem konnte Derby ihn mitziehen und ihm Gesellschaft leisten. Er musste es einfach wagen. Wenn er wissen wollte, was da unten war, dann musste das jetzt geschehen.

Als ob der Delfin seine Gedanken gelesen hätte, drehte er Michael seine Rückenflosse zu. Er atmete tief ein und gemeinsam schossen sie in vollem Tempo hinab. 
Die ersten zehn Meter flogen nur so vorbei. Michael

musste ununterbrochen schlucken, um den Druck in den Ohren auszugleichen. Es ging rasend schnell nach unten.

Im Loch wurde die Umgebung schnell dunkler und bedrohlich. Wieder wurde der helle Fleck sichtbar. Dann entdeckte Michael einen zweiten länglichen Fleck. Zusammen bildeten sie eine eigenartige Kombination. Wenige Sekunden später griff Michael nach der Ponyflasche, um zum ersten Mal damit zu atmen. Er war sehr neugierig. Michael befand sich bereits in zwanzig Metern Tiefe und würde mindestens noch einmal dieselbe Strecke zurücklegen müssen, bis er ganz unten war. In dieser Tiefe würde er nicht eine Minute ohne Flasche tauchen können. Trotzdem beschloss er weiterzumachen.

Wieder zog Derby ihn nach unten. Michael hatte das Gefühl, dass es jetzt viel einfacher ging. Als er den felsigen Boden des blauen Lochs erreichte, war seine Überraschung groß. Vor ihm lag das Wrack eines zweimotorigen Wasserflugzeugs. Eine der Tragflächen war abgebrochen.

Derby hielt jetzt direkt auf das Flugzeug zu. Da ließ Michael den Delfin los. Sofort wurde er von einer kräftigen Strömung weggezogen. Er glitt am Cockpit vorbei und sah im Bruchteil einer Sekunde, dass darin zwei Leichen lagen. Verzweifelt versuchte er, irgendwo Halt zu finden, und verlor dabei beinahe seine Ponyflasche. Schließlich schaffte er es, sich an der Flosse des Flugzeugs festzuklammern. Aber durch die Erschütterung bewegte sich das Wrack auf einmal. Unsichtbare Arme hoben das Flugzeug hoch und langsam, aber sicher trieb Michael auf eine dunkle, drohende Öffnung zu.

Zum Glück kam Derby ihm zu Hilfe. Er schwamm vorbei und bot Michael seine Rückenflosse an. Michael ergriff die Chance und wurde gerade noch rechtzeitig von Derby mit nach oben gezogen. Die Strömung, gegen die der Delfin ankämpfen musste, war jetzt so heftig, dass Michael beinahe seine Taucherbrille verlor. Er sah noch kurz, wie das Flugzeug wie ein Windmühlenflügel im Wind baumelte und schließlich in Stücke brach. Flüchtig erhaschte er einen Blick auf die Nummer, die auf dem Flügel stand, bevor alles von einem hungrigen Maul verschluckt wurde.

Unterdessen strengte Derby sich bis aufs Äußerste an zu entkommen. Je mehr Höhe er mit seiner menschlichen Fracht gewann, desto schneller ging es. Es war auch allerhöchste Zeit. Das Atmen an der Ponyflasche wurde immer beschwerlicher.

Schließlich erreichten die beiden den Rand des blauen Lochs. Michael ließ Derbys Rückenflosse los. Der weitere Aufstieg musste jetzt vorsichtig geschehen.

Die letzten zehn Meter legte er mit nervtötender Langsamkeit zurück. Und nach einem ihm endlos erscheinenden Weg erreichte Michael gesund und wohlbehalten die Oberfläche. Er hatte es geschafft.

Fünf Minuten später hatte er Percys Boot erreicht und kletterte an Bord. Unter normalen Umständen war das eine ziemlich mühsame Sache, aber jetzt ging es beinahe wie von selbst. Das lag daran, dass der Kahn gefährlich tief im Wasser lag. Wie erwartet hatte Percy es geschafft, mehrere Hundert Flaschen Whiskey nach oben zu holen. Völlig erschöpft lag er da und versuchte, sich von den Anstrengungen zu erholen. Trotzdem hatte er bereits die Chance ergriffen, eine Flasche aufzuschrauben und zur Hälfte leer zu trinken.

»Schmeckt nicht schlecht, dieser Whiskey«, lallte er. »Ein bisschen salzig, aber einem geschenkten Gaul schaut man nun mal nicht ins Maul.«

Michael sah, dass in alle Flaschen eine kleine Menge Meerwasser eingedrungen war. Das kam durch den Wasserdruck auf den Schraubverschlüssen, die weniger gut abschlossen als Korken.

»Jungchen«, rief Percy, »würdest du den Anker einholen und zur Insel zurückfahren? Ich bin zu erschöpft, um auch nur einen Finger zu rühren. Außerdem würde ich mich jetzt gerne von meiner Arbeit erholen.«

Michael hatte längst erkannt, dass Percy zu nichts mehr in der Lage war. So schnell es ging, machte er das Boot startklar. Eine lange Fahrt lag vor ihnen. Mit einer solchen Fracht würden sie nur langsam vorankommen. Michael hoffte, dass unterwegs kein Wind aufkommen würde. Das Boot war so vollgeladen, dass es beim geringsten Wellengang volllaufen würde. Eigentlich müsste ein Teil der Ladung wieder über Bord. Aber das würde der verstockte Säufer niemals zulassen. Michael hatte daher keine andere Wahl, als so vorsichtig wie möglich zurückzufahren.

Im Flughafenrestaurant von Nassau war die Spannung schon eine Weile mit den Händen greifbar.

»Okay«, erklang es schließlich. »Ich nehme den Auftrag an.«

Die beiden Herren atmeten erleichtert auf. Es hatte lange gedauert, bis Ben Jansen zu diesem Entschluss gekommen war.

»Mir ist klar«, fuhr Michaels Vater fort, »dass ich so ziemlich der Einzige bin, der die richtigen Voraussetzungen für diese Sache mitbringt. Und ich nehme auch an, dass euch bewusst ist, dass mit dieser Aufgabe eine Reihe von Risiken verbunden sind. Ich hoffe, dass ihr alle Hebel in Bewegung setzt, um diese auf ein Minimum zu begrenzen. Ich habe Familie, und ich möchte nicht, dass sich die Geschichte wiederholt.«

»Das wird unter keinen Umständen geschehen, Ben. Du kannst auf uns zählen. Wir werden dafür sorgen, dass dir nichts passiert. Denn ab sofort bist du für uns viel zu wertvoll.«

»Ich hoffe, dass das so bleibt, bis ich den Auftrag vollständig erledigt habe.«

Nach diesen Worten stand Ben Jansen auf. Er griff nach dem Aktenkoffer, den er für seinen Auftrag brauchte, und verabschiedete sich von den beiden Herren.

»Ich bitte um Entschuldigung, dass ich so schnell aufbreche«, sagte er noch. »Aber wenn ich den Flug nach Miami erreichen will und alle Anschlüsse, die darauf folgen, dann ist es jetzt höchste Zeit zu gehen. Ich muss auch noch mein Gepäck holen.«



»Das ist nicht mehr nötig«, sagte die Kontaktperson.

»Warum nicht?«

»Unsere Leute haben dafür gesorgt, dass dein Gepäck zum Ziel weitertransportiert wird.«

»Dann wart ihr euch eurer Sache ja ganz schön sicher!«, reagierte Ben Jansen nicht ohne Empörung.

»In der Tat, Mister Jansen«, fügte Mister Wang hinzu. »Wir haben niemals an Ihrer Bereitschaft gezweifelt. Wir wünschen Ihnen eine gute Reise.«

Michaels Vater verließ das Restaurant.

# DREI

Michael schob das Boot ein Stück den Strand hinauf. Er wischte sich den Schweiß von der Stirn. Auch das hatte er geschafft. Er drehte sich zu Percy um, der die Whiskeyflasche inzwischen geleert hatte und jetzt gar nicht mehr ansprechbar war. Michael fand, dass er seine Pflicht erfüllt habe, nahm seine Sachen und sprang auf den Strand. Bevor er sich davonmachte, befestigte er das Boot noch am Stamm einer Palme. Man konnte nie wissen, ob das Gefährt mit seinem betrunkenen Passagier nicht auf einmal wieder davontrieb. Was dabei geschehen konnte, wollte er lieber nicht auf dem Gewissen haben.

Michael packte sein Fahrrad und fuhr so schnell er konnte zu Robys Haus. Er war gespannt, was er über die *Comberbach* zu erzählen hatte und wie er auf die Entdeckung des Wasserflugzeugs reagieren würde. Als früherer Berufspilot wusste Roby so gut wie alles über Flugzeuge. Schon aus der Ferne sah Michael, dass Roby zu Hause war, denn sein weißer Minibus war vor dem Haus geparkt. Und wo der Bus war, war Roby nicht weit. Weil er nicht mehr so gut zu Fuß war, war er kaum noch ohne Auto unterwegs. Sonst hatte sein Arbeitseifer nicht nachgelassen, ganz im Gegenteil.

Als Michael vom Fahrrad sprang, sah er, dass sich der alte Mann wieder an einem neuen, technischen Projekt festgebissen hatte. Der Vorgarten hatte sich in eine große Baustelle verwandelt. Roby war vollauf damit beschäftigt, große Metallplatten zu Boxen zusammenzuschweißen.

»Werden das Blumenkübel?«, fragte Michael.

»Ha, hallo, Michael«, rief Roby, nachdem er sich die Schweißerbrille vom Gesicht geschoben hatte. »Wie schön, dass du vorbeikommst. Blumenkästen sagst du? Nein, das wird etwas ganz anderes.«

»Was denn?«

»Sonnenkollektoren.«

»Was?«

»Komm, ich zeig es dir.«

Roby legte das Schweißgerät vorsichtig auf den Boden und stand auf. »Michael, siehst du die Metallprofile auf dem Garagendach?«

Michael nickte.

»Die beiden Boxen werden schräg dagegengestellt. Natürlich muss ich sie erst noch entsprechend ausstatten. In jede Box kommt ein Röhrensystem von gut zehn Metern.«

»Zehn Meter? Wie soll das denn da reinpassen?«

»Zickzack geht das problemlos.«

Michael nickte wieder.

»Danach male ich die Innenseite ganz schwarz an. Und dann decke ich die Boxen mit Glas ab. Wenn sie erst auf der Garage stehen, schließe ich das Röhrensystem an meine Wasserleitung an.«

»Oh ja, jetzt verstehe ich«, rief Michael. »Die Sonnenstrahlen dringen durch das Glas und erwärmen die Röhren.«

»Und das warme Wasser speichere ich in einem speziellen Wassertank«, fügte Roby hinzu. »Auf diese Weise sparen wir viel Gas, wenn wir duschen oder Geschirr abspülen.«

»Gute Idee!«, rief Michael.

»Ach, man muss sich einfach nur Gedanken machen und dann die Ärmel hochkrempeln. Aber erzähl, Michael, was treibt dich denn eigentlich her?«

»Der Ostwind!«, antwortete er lachend.

»Der Ostwind? Wie meinst du das?«

»Na ja, der Ostwind eben. Hast du schon von der Entdeckung von heute Morgen gehört?«

»Ha, du meinst das Whiskeywrack. Warren hat es mir erzählt. Er hat es von Mario gehört. Der war völlig außer sich. Als würde man seine eigenen Vorräte plündern.«

»Die Whiskeyladung hat ihm doch nicht gehört!«

»Natürlich nicht. Aber wenn sich die Inselbewohner jetzt einen Whiskeyvorrat für die nächsten Jahre anlegen, kann er seinen Laden getrost schließen.«

»Das hat er jetzt davon! Er ist durch die Leute ganz schön reich geworden.«

»Das stimmt. Aber er wird es nicht auf sich beruhen lassen.«

»Wird er wohl müssen.«

»Hoho, da kennst du den schlauen Mario schlecht!«

»Was kann er denn machen?«

»Die Regierung einschalten.«

»Wieso das denn?«

»Seit heute Morgen tut er alles, um den Whiskey beschlagnahmen zu lassen.«

»Dieser Mistkerl.«

»Na ja, nicht nur. Vergiss nicht, dass die Ladung vielleicht das Eigentum des rechtmäßigen Besitzers oder der Versicherungsgesellschaft bleibt. Und selbst wenn nicht, hat die Regierung der Bahamas vermutlich trotzdem einen Grund dazwischenzugehen. Und sei es nur, um die üblichen Steuern zu kassieren.«

»Warum?«

»Was die Leute jetzt machen, ist nichts anderes, als Güter ins Land zu bringen. Und das muss man normalerweise beim Zoll melden und bezahlen. Was jetzt natürlich niemand macht.«

»Wieso muss denn alles so kompliziert sein?«

»Das siehst du vielleicht so und all die braven Menschen auch. Aber du kannst darauf wetten, dass Mario sich wehren wird wie der Teufel. Er wird keine Ruhe geben, bevor die Whiskeyladung nicht beschlagnahmt ist.«

»Ich glaube nicht, dass das so einfach gehen wird, sogar die Polizei hat mitgemacht.«

»Habe ich auch schon gehört. Darum schätze ich, dass jemand aus Nassau kommen wird. Die werden hier auftauchen, um alles zu beschlagnahmen und später zu verkaufen.«



»Hm, ich glaube nicht, dass das noch geht.«

»Warum nicht?«

»Es ist schon Salzwasser im Whiskey.«

»Woher weißt du das?«

»Ich habe die Flaschen mit eigenen Augen gesehen.«

»Als sie damit an Land kamen?«

»Nein, als alle dabei waren, sie hochzuholen.«

»Bist du heute Morgen mit den anderen draußen gewesen?«

»Ja, und ich weiß sogar, aus welchem Wrack der Whiskey kommt.«

»Ach ja?«

»Schon mal von der *Comberbach* gehört?«

»Die *Comberbach*!«, rief Roby.

»Kennst du das Schiff etwa?«

»Ob ich das alte Schmugglerschiff kenne? Natürlich!«

»Los, Roby, erzähl! Was weißt du darüber?«

»Es fährt schon seit Jahren von Florida nach Haiti. Offiziell mit Secondhandkleidung. Aber in Wirklichkeit ist es vollgestopft mit Alkohol und anderen teuren Produkten, die man auf der Insel sonst fast nicht mehr bekommt. Kapitän Joseph-Marie Chevalier ist in diesem Teil der Karibik überall bekannt. Einen glatteren Aal kann ich mir nicht vorstellen. Noch nie hat ihn der Zoll auf frischer Tat ertappen können. Er ist ihnen immer einen Schritt voraus. Er kennt die Gewässer der Gegend wie seine Hosentasche.«

»Trotzdem ist die *Comberbach* beim Conception Reef gesunken.«

»Das finde ich allerdings ausgesprochen merkwürdig. Chevalier ist sicher hundert Mal in seinem Leben an Long Island vorbeigekommen. Er wusste, dass das Conception Reef ein gefährliches Hindernis ist, um das man am besten einen großen Bogen macht. Michael, als du das Wrack unter Wasser gesehen hast, da hast du nicht zufällig etwas Ungewöhnliches bemerkt?«

Michael nickte. »Doch, habe ich«, sagte er. »Das ist übrigens auch der Grund, warum ich so schnell zu dir gekommen bin.«

»Raus mit der Sprache. Du machst mich richtig neugierig.«

»Zunächst mal habe ich keine Spur gefunden, die auf einen Zusammenstoß mit dem Riff hindeutet.«

»Bist du dir da sicher, Michael? Das Schiff kann doch nicht einfach so gesunken sein.«

»Ganz sicher, Roby. Aber weißt du, was ich auf der anderen Seite des Conception Reef entdeckt habe?«

»Nein.«

»Ein Wasserflugzeug!«

»Ein Wasserflugzeug? Komm, Junge, veralber mich nicht.«

»Ehrlich, Roby, ich meine es ernst. Im Cockpit waren zwei Leichen und auf den Tragflächen stand die Nummer PP-5514.«

Als Roby das hörte, konnte er Michael nur noch sprachlos anstarren.

# VIER

*Montag, 20. März*

Schon seit drei Tagen herrschte auf Long Island wahre Volksfeststimmung. Jeder, der eine Whiskeyflasche halten konnte, hatte eine an den Lippen. Die Leute tranken, als würde ihr Leben davon abhängen. So war es kein Wunder, dass alle volltrunken herumliefen.

Kein Geringerer als Mario, der Ladenbesitzer, hatte die anderen zu dieser Party angestachelt. Er erzählte jedem, dass die Regierung den Whiskey beschlagnahmen würde. Ob dies nun eine Panikreaktion war oder ein schlau durchdachter Plan, es zeigte jedenfalls sofort Wirkung. Die Einwohner gingen auf Nummer sicher und tranken alles leer. Das Gelage, das im Grunde schon auf dem Meer begonnen hatte, kam jetzt so richtig in Gang. Und es sah alles danach aus, dass das Fest mindestens eine Woche dauern würde oder eben so lange, bis der gesamte Whiskey ausgetrunken war.

Am Morgen war extra ein Zollbeamter aus Nassau mit einem Flug der Bahamas Air herübergeflogen. Aber er hatte schnell erkannt, dass er vor einer nahezu unmöglichen Aufgabe stand. Auch wenn es nicht lange dauerte, bis er die ersten Betrunkenen und Flaschen zu sehen bekam, wagte er es nicht, irgendetwas zu beschlagnahmen. Er hätte ebenso gut versuchen können, einer Meute ausgehungerter Bluthunde den Fressnapf unter dem Maul wegzuziehen.

Schließlich beschloss er, unverrichteter Dinge nach Nassau zurückzukehren. Weil sein Flugzeug inzwischen abgeflogen war, konnte er allerdings nur noch mit dem Postschiff zurück. Normalerweise lichtete es am frühen Abend den Anker. Aber auch als die Sonne schon längst untergegangen war und die Sterne am Firmament funkelten, war von der Besatzung noch niemand aufgetaucht. Es sah alles danach aus, dass der arme Beamte noch lange am Kai warten musste. Es sei denn, er würde sich den Feiernden anschließen.

Gar nicht weit von ihm entfernt genoss Michael die warme Tropennacht. Er hatte sich auf der Terrasse häuslich eingerichtet und bereitete sich etwas Gutes zum Essen zu. Er würde die beiden Hechte, die er heute Morgen an die Angel bekommen hatte, langsam auf dem Grill garen. In der Küche hatte er eine leckere Sauce gemacht. Am Morgen war er zum Hafen geradelt, um seine Mutter abzuholen. Sie sollte aus New York zurückkommen und hatte für die Überfahrt aus Nassau das Postschiff nehmen wollen. Aber wie Michael schon vermutet hatte, war sie nicht an Bord der *Day Queen*. Das Schiff hatte mehr als einen halben Tag zu früh in Nassau abgelegt. Es war voller Inselbewohner. Die wollten, genau wie die Mannschaft, schnell nach Long Island zurückkehren, um auch etwas vom Whiskeyfest zu haben. Als das Flugzeug mit Michaels Mutter aus New York in Nassau landete, hatte die *Day Queen* den Hafen daher schon verlassen.

Michael fand es nicht schlimm, dass seine Mutter nicht an Bord war, im Gegenteil. So ganz alleine konnte er schließlich machen, was er wollte! Seine Mutter durfte gerne noch ein paar Tage in Nassau bleiben. Und es sah auch alles danach aus. Denn jetzt, wo der Whiskey hier so reichlich floss, würden sicher alle Flüge nach Long Island ausgebucht sein.

Als Michael gerade wieder nach Hause fahren wollte, kam ein Mitarbeiter der nahe gelegenen Telefonzentrale auf ihn zu. Jemand wollte ihn so schnell wie möglich am Telefon sprechen. Zuerst dachte Michael, dass es seine Mutter sei, aber es war jemand, den er nicht kannte. Der Mann stellte sich als Professor Polype aus Vancouver, Kanada, vor, Biologe. Er hätte schon mehrfach versucht, Ben Jansen telefonisch zu erreichen, aber das hätte ihm offensichtlich niemand ausgerichtet. Michael war sofort klar, warum. Jetzt, wo alle betrunken waren, konnte man sich auf niemanden mehr verlassen. Der Mann am Telefon erzählte, dass er kurz davor war, Florida zu verlassen. Er würde mit einem gecharterten Boot nach Long Island fahren. Dort würde er am nächsten Morgen ankommen, um ein wissenschaftliches Projekt durchzuführen. Er hoffte, dass Michaels Vater bereit war, einige Tage daran mitzuarbeiten.

Als der Professor hörte, dass Ben Jansen gerade nicht auf Long Island war, war er schwer enttäuscht. Er fragte, ob Michael keinen anderen Taucher kennen würde, der ihm unter Wasser helfen konnte. Michael bekam leuchtende Augen. Sofort begann er, sich selbst anzupreisen. Und es gelang. Sogar schneller als erwartet. Der Professor erwartete ihn an Bord seines Schiffes, sobald er in Long Island ankam. Er würde einen wichtigen Beitrag für das Projekt liefern können, hatte der Professor hinzugefügt. Michael hatte sich die Hände gerieben. Nicht nur, dass dies eine außerordentliche Chance war – er hatte jetzt auch eine großartige Entschuldigung dafür, die Reinigung des Wassertanks, die ihm seine Eltern übertragen hatten, ungestraft vor sich herzuschieben.

Zum vierten Mal, seit die Fische auf dem Rost lagen, stand Michael auf und griff nach der Petroleumlampe, um besser sehen zu können. Die Hechte waren beinahe gar. Sie rochen köstlich!

Gerade als er die Lampe wieder abstellen wollte, zog etwas in den entfernten Hügeln seine Aufmerksamkeit auf sich. Normalerweise bildeten sie in der Dunkelheit eine tintenschwarze Wand, deren Silhouette sich scharf vom Sternenhimmel abhob. Aber jetzt sah er dort ein großes Lagerfeuer brennen. Was hatte das zu bedeuten? Da drüben wohnte doch niemand. Das Einzige, was dort stand, war die Ruine vom Miller-Haus, einem Landhaus aus dem neunzehnten Jahrhundert. Der Ort wurde von allen gemieden wie die Pest, vor allem in der Dunkelheit. Und jetzt machte jemand da ein Feuer.

Michael zögerte keine Sekunde. Die Lampe fest in der Hand, machte er sich auf den Weg. Nicht weit entfernt führte ein verlassener Weg zum Miller-Haus. Vor einer

Weile war Michael noch dort gewesen, um alte Flaschen auszugraben. Wenn er sich beeilte, war er in einer Viertelstunde dort.

Der erste Teil des Weges machte ihm keine Probleme. Der Boden war eben, und der Mond schien hell genug, sodass er rechtzeitig den größten Hindernissen ausweichen konnte. Trotzdem kam er nicht so schnell voran, wie er gedacht hatte. Um richtig gut durchzukommen, war der Weg viel zu stark zugewachsen, und es gab zu viele spitze Zweige, an denen er sich die Beine aufreißen konnte. Außerdem schlängelte sich der Weg kreuz und quer durch den Busch.

Gerade als Michael den Fuß des Hügels erreichte und spürte, dass der Weg jetzt anstieg, hörte er ein Plätschern. Er blieb stehen. In der Nähe befand sich ein blaues Loch. Er hatte den kleinen Binnensee schon aus der Luft gesehen. Aber sein Ufer war sehr schwer zu erreichen. Es war von undurchdringlichem Gebüsch umringt.

Plötzlich hörte er erneut das Geräusch von bewegtem Wasser. Es war ganz in der Nähe. Zuerst blickte Michael nach oben zu den Flammen, die er jetzt schon viel besser sehen konnte. Das Feuer würde sicher noch eine Weile brennen. Jetzt wollte er wissen, was sich dort im Wasser bewegte. Michael kämpfte sich durch die Sträucher, indem er sich klein machte. Dass er überall Schrammen davontrug und merkte, wie sein schönes T-Shirt zerriss, hielt ihn nicht auf. Er war einfach zu neugierig. Das Schwierigste war, die Petroleumlampe festzuhalten. Die durfte er unter keinen Umständen verlieren.

Nachdem er minutenlang sehr langsam vorwärtsgekrochen war, hörte er wieder das seltsame Geräusch. Er versuchte, schneller voranzukommen. Sein T-Shirt war mittlerweile komplett zerrissen und beinahe bekam er einen Ast ins Auge.

Schließlich erreichte er das Ufer. Zu seinen Füßen lag ein runder See von der Größe eines Fußballplatzes. Die beinahe glatte Wasseroberfläche, in der sich das Mondlicht widerspiegelte, bildete einen starken Kontrast zu den dunklen Sträuchern rundherum. Auf einmal schien sich im Wasser etwas zu bewegen. Michael erschrak und versuchte, den See mit seiner Lampe so gut wie möglich zu beleuchten. Als etwas Weißes die Wasseroberfläche durchbrach, erklang ein Schrei. Eine Wasserfontäne stob hoch und Michael sah etwas Riesiges unter Wasser verschwinden. Während die Wellen zu seinen Füßen gegen das Ufer schlugen, ging sein Blick in die Richtung, aus der der Schrei gekommen war. Gleichzeitig hörte er ein Zischen und sah, wie die Flammen eilig erstickt wurden. Michael hatte sich selbst verraten. Jemand hatte seine Petroleumlampe gesehen und schnell gehandelt. Er würde im Miller-Haus niemanden mehr antreffen …

Als Michael sich erneut durch den Busch kämpfte, nahm er den typischen Geruch von erloschenem Feuer wahr. Er schnupperte. Dann stieß er einen lauten Fluch aus. Durch das Lagerfeuer hatte er sein Abendbrot vergessen! Die Fische würden jetzt so zäh sein wie Schuhsohlen.

Als er wieder zu Hause war, betrachtete Michael die Ergebnisse seiner Erkundungstour: ein T-Shirt, das reif für die Lumpenkiste war, und zwei völlig verkohlte Fische. Gut, dass er zwei Tage zuvor noch ein Glas Mangomarmelade von Misses Robinson bekommen hatte, sonst hätte er jetzt trockene Brote essen müssen.

Michael grübelte. Nach dieser aufregenden nächtlichen Tour stand er schon wieder vor einem neuen Rätsel. Während das ganze Dorf betrunken feierte oder seinen Rausch ausschlief, gab es offensichtlich jemanden, der weit entfernt von allen anderen mit etwas ganz anderem beschäftigt war. Er würde bei Tag noch einmal zum Miller-Haus zurückkehren, sei es auch nur, um die Reste des Feuers aus der Nähe zu betrachten. Vielleicht brachte ihn das auf eine Spur.

Und dann war da auch noch das seltsame Wesen in dem blauen Loch. Michael zweifelte nicht daran, dass es ein Tier war. Aber was genau? Und was hatte der Schrei zu bedeuten? Gab es vielleicht jemanden, der ihn vor irgendeiner Gefahr hatte beschützen wollen?

Bei dem Gedanken bekam Michael Gänsehaut. Er musste daran denken, was in dem blauen Loch im Meer geschehen war. Ohne Derby wäre er dort nicht mehr lebend rausgekommen. Genau wie die Trümmer des Wasserflugzeugs wäre er für immer in den tiefen Löchern unter dem Meer verschwunden. Zweifellos schlummerte in den dunklen blauen Löchern eine nicht zu unterschätzende Gefahr.

# FÜNF

*Dienstag, 21. März*

Wieder befand sich Michael unter Wasser. Dieses Mal konnte er durch den Luftvorrat, den er auf dem Rücken mit sich trug, problemlos atmen. Und auch jetzt zog Derby ihn mit schwindelerregender Geschwindigkeit immer tiefer und tiefer. Die Umgebung veränderte sich von Türkis in Königsblau. Dann ging das Wasser in tiefschwarze Dunkelheit über. Zum Glück hatte er rechtzeitig seine Unterwasserlampe eingeschaltet.

Plötzlich war es, als würde sich in der Ferne etwas Weißes bewegen. Derby schwamm langsamer und zögerte. Nein, alles war still. Jetzt konnte Michael es deutlich erkennen. Es waren die weißen Trümmer des Wasserflugzeugs. Vorsichtig ließ er Derby los. Es gab keine Strömung. Er konnte unbesorgt zum Cockpit schwimmen. Die grinsenden Gesichter toter Menschen lachten ihm entgegen. Es sah aus, als hätten sie Spaß. Auf einmal spürte er einen starken Wasserstrom hinter sich. Michael drehte sich um. Im Schein seiner Lampe sah er etwas Weißes und Monsterartiges vorbeischießen. Er wollte auf der Stelle weg. Aber wo war Derby hin? Schnell schoss Michael davon – doch ein klaffendes

Maul mit scharfen Zähnen wartete auf ihn. Bevor er reagieren konnte, wurde er verschluckt und verschwand in bodenlosen Tiefen. Michael stieß seinen letzten Schrei aus.

Dann wachte er auf. Zum Glück war das alles nur ein Traum gewesen. Er rieb sich die Augen und blickte um sich. Durch den dünnen Stoff der Gardine sah er, dass die Sonne schon hoch am Himmel stand. Er hatte ganz offensichtlich verschlafen. Mit seinem zum Bersten schmerzenden Kopf ging er in das kleine Badezimmer. Eine kalte Dusche würde ihm guttun. Als er unter dem Strahl stand, hörte er das Funkgerät, das auf Stand-by stand.

»Pied Piper für Calypso. Ich wiederhole: Pied Piper für Calypso. Hörst du mich? Over.«

Der Moment hätte mal wieder nicht ungünstiger sein können, dachte Michael. Immer, wenn man auf Toilette saß oder unter der Dusche stand, wurde man angepiepst. So schnell er konnte, drehte er das Wasser ab, warf sich ein Handtuch um und stieg aus der Dusche. Dann rannte er zum Funkgerät, wobei er auf dem Boden eine nasse Spur hinterließ.

Zum Glück darf man das Ding mit nassen Händen anfassen, dachte er, als er das Mikrofon aushakte und mit dem Daumen auf den Knopf drückte. »Hier Calypso. Was gibt es Neues, Pied Piper? Over«, antwortete Michael. Dann ließ er den Knopf sofort los.

»Okay, Michael!« Das war Robys Stimme. »Ich habe was für dich. Wenn du gleich rüberkommst, wirst du schnell schlauer. Over.«

»Abgemacht!«, rief Michael. »Ich komme sofort. Over und Aus.« Er hängte das Mikrofon zurück an den Haken und trocknete sich ab. In Sekundenschnelle hatte er sich saubere Kleider angezogen. Er betrachtete die Schrammen, die wie dünne rote Streifen kreuz und quer über seine Arme und Beine verliefen. Ein Souvenir von gestern Abend, dachte er.

Als er die Haustür öffnete und die Terrasse betrat, sah er noch etwas, das ihn an den vergangenen Abend erinnerte. Der Grill und der Gartentisch waren noch nicht abgeräumt. Das musste unbedingt erledigt sein, bevor seine Mutter nach Hause kam! Aber da bestand fürs Erste keine Gefahr. Es würde sicher noch ein paar Tage dauern, bis sie eine Möglichkeit gefunden hatte, herzukommen. Der ganze Müll konnte ruhig noch eine Weile stehen bleiben. Jetzt hatte er ohnehin viel zu viel zu tun.

Michael schenkte der Unordnung weiter keine Beachtung und lief zur Treppe. Als er hinuntergehen wollte, fiel sein Blick unwillkürlich auf die unterste Stufe: Da stand es wieder, jetzt schon zum dritten Mal. Durch die Erlebnisse von gestern Abend hatte er das völlig vergessen.

»Wer stellt das bloß immer hier ab?«, rief er verwundert.

Auf einer kleinen Schale lag eine aufgeschnittene, mit Honig übergossene Orange. Darin steckten ein Stück geknotete Kordel und zwei kleine Zettel. Michael ging vorsichtig darauf zu und kniete sich hin, um das Ganze näher betrachten zu können. Gestern und vorgestern hatten die Sachen nicht auf einer Schale gestanden. Aber sie kam ihm bekannt vor. Ganz ähnliche Schalen hatte er schon in der Ruine des Miller-Hauses ausgegraben. Ansonsten war es wie immer. Wieder die halbierte Orange und die beiden Zettel. Auf einem stand sein Name und auf dem anderen stand nur der Buchstabe T. Jetzt wusste er, dass die Nachricht aus der Nähe der Ruine stammen musste. Aber was sie genau bedeutete, da hatte er nicht die geringste Ahnung. Gestern hatte er schon einige Dorfbewohner danach gefragt, aber sie hatten ihn bloß ausgelacht. Es wollte ihm anscheinend niemand erklären.

Jetzt war aber nicht der richtige Moment, darüber nachzugrübeln. Heute stand schon genug auf dem Programm. Roby hatte wichtige Neuigkeiten für ihn und gegen Mittag erwartete er den Professor. Michael packte schnell sein Fahrrad und fuhr los.

Erneut dachte er an sein letztes Gespräch mit Roby. Nachdem Roby sich von seiner Überraschung erholt hatte, hatte Michael ihm alles über das Wasserflugzeug erzählt. Selbst dann hatte Roby noch Probleme damit gehabt, ihm zu glauben. Nicht nur, dass der Flugzeugtyp in dieser Gegend ausgesprochen selten war, auch die Nummer war nicht in diesem Teil der Welt zu Hause. Es war ein Rätsel, wie das Flugzeug hier gelandet war.

Roby wollte so schnell wie möglich überprüfen, woher die Maschine stammte. Mit den Kontakten, die er über Funk mit Menschen aus aller Welt hielt, konnte das nicht allzu lange dauern.

Keine Minute später tauchte vor Michael das Haus der Robinsons auf. Schon aus der Ferne sah er die zwei Metallkisten, die auf die Garage montiert waren.

»Hi, Roby, ist das ganze Zeug schon angeschlossen?«, fragte Michael, als er Roby erblickte.

»Und ob! Ab heute kriege ich kostenlos warmes Wasser. Lust auf eine Dusche?«

»Nein, danke. Ich habe schon geduscht.«

»Aber du hast bestimmt noch nicht gefrühstückt.« Das war die energische Stimme von Donna, Robys Frau, die gerade mitgehört hatte.

»Woher weißt du das?«, fragte Michael erstaunt.

»Wenn Männer eine Weile alleine sind, schmeißen sie jede Form von Regelmäßigkeit über Bord. Sie essen gar nichts oder zu den unmöglichsten Zeiten. Und dann hinterlassen sie meistens auch noch ein totales Chaos, stimmt's, mein lieber Roby?« Sie hatte den Nagel auf den Kopf getroffen. Ihr Mann sagte nicht viel. Michael ebenso wenig. Sie sahen sich an, als wären sie auf frischer Tat ertappt worden.

»Aber da Michael unser Gast ist«, fuhr Donna fort, »werde ich ihm schnell ein anständiges Omelett machen.«

Sie schritt sofort zur Tat, nahm drei Eier aus dem Kühlschrank und warf sie in die Pfanne. Dann ging sie in den Kräutergarten, um Schnittlauch zu pflücken.

»Und, hast du schon etwas über das Flugzeug herausgefunden?«, fragte Michael, der inzwischen richtig neugierig geworden war.



»Ja, schon. Noch am selben Tag habe ich per Funk

einen meiner Freunde gerufen. Bill, einen Kanadier aus dem hohen Norden. Er hat sich fast sein ganzes Leben lang mit Wasserflugzeugen beschäftigt. Aber er konnte mir nicht sofort eine Antwort geben. Er versprach mir, nachzuforschen. Heute Nacht hatte ich wieder Kontakt mit ihm, und ich weiß jetzt, woher das Wasserflugzeug stammt.«

»Und?«, fragte Michael ungeduldig.

»Es war in Brasilien registriert ...«

»So weit weg von hier!«

»Das kannst du laut sagen!«

»Und hast du inzwischen eine Ahnung, was es hier gemacht hat?«

»Das bleibt ein Geheimnis. Das Einzige, was Bill mir erzählen konnte, war, dass das Flugzeug normalerweise für Forschungsreisen in die Gewässer des Amazonas und des Orinokos verwendet wurde. Das Dschungelgebiet ist sehr schwer zugänglich. Es ist einer der letzten Orte der Erde, an den die Menschen noch nicht vorgedrungen sind.«

»Wow! Und ist das Flugzeug von dort hierhergekommen?«

»Wahrscheinlich nicht direkt.«

»Warum nicht?«

»Weil es viel bessere Flugzeuge gibt, wenn man solche großen Entfernungen zurücklegen möchte. Außerdem ist die Landung auf dem Meer mit so einer Maschine ziemlich gewagt. Dafür ist sie nicht gedacht.«

»Ob es einen Zusammenhang zwischen dem Flugzeug und dem Wrack der *Comberbach* gibt?«

»Ich sehe da keinen direkten, außer …«

»Außer?«

Roby zögerte einen Moment.

»Außer der Tatsache, dass sie beide unter äußerst seltsamen Umständen dort auf dem Meeresboden gelandet sind.«

Michael musste unwillkürlich an seinen eigenartigen Traum von heute Morgen denken.

# SECHS

Kurz nach Mittag kam die Küste von Long Island in Sicht. Die kräftigen Motoren der *Leviathan* hatten die Überfahrt in weniger als vierundzwanzig Stunden möglich gemacht.

Auf dem Deck der Luxusjacht befand sich nur ein Passagier. Es war Hippolyte Polype, der nervös herumlief. Gleich würde es losgehen.

Auf der Brücke wurde ein getöntes Fenster aufgerissen und eine Stimme erklang. »Sag mal, mein lieber Hippo, du erinnerst mich an ein Huhn, das ein Ei legen soll.«

»Wenn das alles wäre, Jerry«, antwortete der Biologe, »dann würde ich mich sofort an die Arbeit machen.«

»Komm, komm, nichts wird so heiß gegessen, wie es gekocht wird«, antwortete Jerry Goldberg mit breitem Grinsen.

»Ich hoffe, du hast recht. Denn das, was ich jetzt tun muss, ist nicht gerade mein Spezialgebiet. Als Wissenschaftler weiß ich genau, wo meine Grenzen liegen. Und die überschreite ich nicht gerne.«

»Sicher, unser großer Spezialist hat sein Leben dabei gelassen. Aber vergiss nicht, dass wir jetzt über viel bessere Mittel verfügen.«

»Setz mal nicht zu viel auf die Technik. ›Es‹ ist uns schon mal entwischt.«

»Ja, aber dieses Mal haben wir einen großartigen Köder. Diesen Jungen hat uns der Himmel geschenkt. Er wird die Drecksarbeit für uns erledigen und wir müssen lediglich rechtzeitig die Angel einholen. Auf geht's, Hippo, es war schließlich deine Idee. Jetzt ruf ihn an.«

Widerwillig ging der Biologie auf die Brücke. Er verfluchte sich selbst dafür, dass er je mit Goldberg darüber gesprochen hatte. Aber einen Weg zurück gab es jetzt nicht mehr. Er steckte inzwischen schon viel zu tief mit drin.

Einige Kilometer entfernt machte sich Michael gerade auf den Weg. Im letzten Moment pfiff ihn Roby zurück.

»Du wirst gebraucht. Ich habe gerade einen Funkspruch für dich empfangen. Irgendein Professor bittet dich, sofort zum Hafen zu kommen.«

Michael wusste sofort, worum es ging. Das Forschungsschiff hatte die Insel erreicht. Er fuhr los wie der Blitz.

Eine knappe Viertelstunde später hörte er in der Ferne das Rasseln einer langen, schweren Kette. Vor der Küste hatte gerade ein großes Schiff den Anker ausgeworfen. Als er ein Stück weiter um die Kurve fuhr und das Karibische Meer sich in seiner ganzen Pracht vor ihm ausbreitete, konnte Michael es nicht mehr übersehen. Dort, auf dem hellblauen Wasser, lag eine strahlend weiße Jacht. So ein großes luxuriöses Schiff hatte er hier noch nie gesehen. Aber das war noch nicht alles. Auf dem Heck des Schiffes stand ein kleiner Hubschrauber. Michael pfiff zwischen den Zähnen. Diesen Leuten war es zweifellos ernst. Ihnen kam es offensichtlich nicht auf tausend Dollar mehr oder weniger an. Ohne Zweifel würde es die Mühe wert sein, mit ihnen zu arbeiten. Womit hatte er das eigentlich verdient?

Michael konnte keinen Moment länger warten, das prächtige Schiff aus der Nähe bewundern zu können.

Vom Heck der *Leviathan* wurde ein knallrotes Schlauchboot zu Wasser gelassen. Ein Dröhnen erklang und langsam bewegte sich das kleine Boot in Richtung des Anlegers von Dead Man's Cay.

Dort war jetzt beinahe niemand zu sehen. Unter normalen Umständen würden die Einwohner von Long Island sich hier nur so drängen, um einen Blick auf das Luxusschiff zu erhaschen. Aber heute hatten sie etwas anderes zu tun. So war es für Michael auch kein Problem, in vollem Tempo bis zum Anleger zu fahren. In dem Augenblick, in dem das Schlauchboot langsamer wurde, um anzulegen, erreichte er die Spitze des Kais.

»Hallo!«, rief er. »Ich bin Michael Jansen. Sind Sie der Professor?«

In dem Schlauchboot saßen zwei Männer. Ein Mann in Uniform steuerte das Gefährt. Der andere war nicht mehr wirklich jung und trug einen modischen Tropenanzug. Er war derjenige, der antwortete.

»In der Tat, das bin ich. Wir sind hier, um dich abzuholen.«



Das ließ sich Michael nicht zweimal sagen. Er lehnte

sein Fahrrad gegen einen Pfahl und sprang ins Schlauchboot. Der Schiffer zog den Gashebel hoch, fuhr eine scharfe Kurve und nahm Kurs auf die Jacht, die keine hundert Meter entfernt war.

»Sie sind ja toll ausgestattet!«, rief Michael begeistert und zeigte sowohl auf das Schlauchboot als auch auf den Hubschrauber.

»Anders geht es nicht«, antwortete der Mann im Tropenanzug. »Für ein ernsthaftes wissenschaftliches Projekt kann man gar nicht genug Material dabeihaben. Warte nur, bis du unsere restliche Ausrüstung gesehen hast.«

Viel Geduld brauchte Michael nicht zu haben. Das Schlauchboot legte schon kurz darauf erneut an. Mithilfe einer Strickleiter kletterte Michael an Bord, unmittelbar gefolgt von dem Professor. Als Michael an Deck kam, stand er Auge in Auge mit einer seltsamen Gestalt. Ein ausgesprochen dicker Mann mit einer kräftigen Havannazigarre zwischen den Zähnen, großen Augen und einem bleichen, kahlen Kopf stand vor ihm.

»Darf ich dir Mister Goldberg vorstellen?«, fragte der Professor.

Michael schüttelte die massige Hand, die ihm entgegengestreckt wurde.

»Er ist derjenige«, fuhr der Professor fort, »der das ganze Projekt finanziert. Dank ihm können wir auf den Bahamas zum ersten Mal eine gründliche Untersuchung darüber durchführen, was in den düsteren Tiefen der blauen Löcher lebt.«



Bei den letzten Worten lief es Michael kalt den Rücken runter. Er wohnte inzwischen schon eine ganze Weile auf der Insel und die blauen Löcher hatten ihm nie viel gesagt. Und jetzt, in weniger als einer halben Woche, fiel er von einer Überraschung zur anderen. Und jedes Mal war eines der blauen Löcher dabei im Spiel. Wenn das kein Zufall war …

Michaels Reaktion war Mister Goldberg nicht entgangen.

»Ich darf annehmen«, begann er, »dass du keine Angst hast, darin zu tauchen. Denn dann können wir hier nicht viel mit dir anfangen.«

Michael gab sich die größte Mühe, nicht rot zu werden. Er durfte sich auf keinen Fall anmerken lassen, dass er mit den dunklen Löchern tatsächlich seine Schwierigkeiten hatte. Sonst konnte er das ganze Abenteuer sofort vergessen.

»Sie können ganz beruhigt sein, Mister Goldberg«, sagte er so begeistert wie möglich. »Diese blauen Löcher fesseln mich mehr als je zuvor.«

Und das war tatsächlich keine Lüge.

»Schön, das höre ich gern«, sagte Mister Goldberg zufrieden. »Du bist genau der Richtige für uns. Hippo, zeig unserem Gast den Rest des Schiffes und erzähl ihm währenddessen mehr über die blauen Löcher. Ich ziehe mich eine Weile zurück.«

Michael seufzte vor Erleichterung auf, als er sah, dass Mister Goldberg sie alleine ließ.

»Okay«, sagte Professor Polype, »dann komm mal mit. Hier geht's lang.«



Sie gingen zusammen zum Achterdeck. Dort kletterten sie eine Schiffsleiter hinab. Unten zog der Professor einen Schlüsselbund aus der Tasche und öffnete damit eine Tür, die zu einem ziemlich großen Raum führte.

»Dies ist das Labor«, sagte er. »Hier wird die eigentliche wissenschaftliche Arbeit geleistet.«

Michael sah überall Schränke und Regale mit Geräten, Flaschen und Behältern.

»Gleichzeitig wird dieser Raum auch als Dunkelkammer für das Entwickeln von Filmen verwendet und als Vorführraum. Sieh her!« Professor Polype drückte einige Knöpfe. Das Licht ging an und aus allen Richtungen erklang ein leises Summen. Dunkle Gardinen schoben sich vor die drei Bullaugen und langsam schwebte eine Leinwand herab. Der Professor öffnete eine Schranktür und schaltete einen Projektor an.

»Wir haben auch Video an Bord«, sagte er, »und eine Reihe Unterwasserkameras. Aber um dich über die Entstehung der blauen Löcher zu informieren, werden es wohl gewöhnliche Dias auch tun.«

Als das erste Bild auf der Leinwand erschien, drehte er am Dimmer. Das Licht wurde dunkler.

»Hier siehst du eine ganz normale Karte der Bahamas«, begann er feierlich. »Vor sechzehntausend Jahren fand die letzte Eiszeit statt. Damals sahen diese Inseln völlig anders aus. Der Wasserspiegel lag mindestens hundert Meter tiefer. Was jetzt vom Karibischen Meer überspült ist, war zu dieser Zeit noch Land. Wie du erkennen kannst, bildeten die Bahamas damals beinahe eine große Insel.«



»War das das frühere Atlantis?«, fragte Michael.

Professor Polype musste lachen. »Michael, ich glaube, du liest zu viele Comics. Nur weil es ein paar Erwachsene gibt, die solche komischen Ideen verbreiten, muss nichts Wahres daran sein. Glaub mir, für seriöse Wissenschaftler zählt nur das, was eindeutig bewiesen ist. Und was Atlantis betrifft, ist das sicher nicht der Fall.«

»Aber was ich da auf der Leinwand sehe, kann man doch als eine Art versunkenen Kontinent bezeichnen?«

»Da hast du recht und genau deshalb sind wir jetzt auf der Suche nach seinen Überbleibseln.«

»Wie meinen Sie das?«, fragte Michael.

Bevor Professor Polype antwortete, zeigte er erst das nächste Dia. Darauf war ein Querschnitt des Bodens zu sehen.

»Also«, begann er, »als die Bahamas eine große Insel bildeten, bestand der Grund, wie du hier sehen kannst, fast ausschließlich aus Kalk. Durch die Wirkung des Regenwassers ...« Das gleiche Bild erschien, aber dieses Mal sah es aus wie ein Käse mit Löchern. »... entstanden damals überall Löcher, Gänge, Höhlen und Grotten. Bis in hundert Meter Tiefe, denn wo das Salzwasser hinkam, hörte die Erosion auf.«

»Warum?«

»Weil Salzwasser im Gegensatz zu Süßwasser den Kalk nicht angreift. Das kriegst du später noch im Chemieunterricht, dann wirst du das verstehen.«

Michael nickte und sah das nächste Bild auf der Leinwand aufblitzen. Jetzt war der Käse mit den Löchern zum größten Teil unter Wasser.

»Nach der Eiszeit«, fuhr der Professor fort, »begann der Wasserspiegel in allen Meeren wieder zu steigen. Der größte Teil der Löcher lief mit Salzwasser voll. Es erklärt sich von selbst, dass eine ganze Reihe von Meerestieren der damaligen Zeit in den Zerklüftungen großartige Verstecke gefunden hat. Wahrscheinlich sitzen in den dunklen Löchern noch Wesen, die man sonst nur in den tiefsten Ozeanen antrifft.« Die Augen des Professors leuchteten, aber Michael lief es erneut kalt den Rücken runter.

Auf einmal öffnete sich die Tür zum Labor. Ein Mädchen mit langen blonden Haaren, nicht viel älter als Michael, blickte hinein. Im einfallenden Licht entdeckte sie Michael.

»Aha, ist das der Junge, von dem ihr geredet habt?«, fragte sie gleich. »Mister Hippo, könnten Sie kurz das Licht anmachen? Dann kann ich ihn etwas besser sehen.«

Einige Leuchtstoffröhren flammten auf und Michael fühlte sich begafft wie ein Affe im Zoo.

»Nicht schlecht, was Sie da für uns an die Angel gezogen haben, Mister Hippo«, sagte das Mädchen. »Und du, erzähl mal, wie heißt du?«

Michael hatte wenig Lust zu antworten. Ihre Art passte ihm überhaupt nicht. Nach einigem Zögern stellte er sich schließlich doch vor.

»Origineller Name«, war ihre Reaktion. »Ich heiße Yael. Im Hebräischen bedeutet das Antilope.«



Sie sprach das Wort ganz besonders deutlich aus, als ob sie damit die Eleganz des Tieres besonders hervorheben wollte. Nichtsdestotrotz hat sie eher die Figur eines Kudus mit dickem Hintern, dachte Michael. Und musste sich gewaltig beherrschen, das nicht laut zu sagen. Nein, diese Zicke würde sicher nicht so schnell seine beste Freundin werden.

»Ja, in der Tat«, sagte Professor Polype, der sich hastig einmischte, »Yael ist die Nichte von Mister Goldberg.«

»... und sein Augapfel!«, fügte sie sogleich hinzu.

Was für eine Schleimscheißerin, dachte Michael. Trotzdem war ihm die Botschaft nicht entgangen. So ärgerlich es war, er musste auf das verwöhnte Biest Rücksicht nehmen.

»Und jetzt, Michael, werde ich dir den restlichen Teil der Ausrüstung zeigen«, sagte Professor Polype in dem Versuch, die Aufmerksamkeit auf etwas anderes zu lenken.

»Oh, schön!«, sagte Yael. »Ich bin gespannt, was unser Neuzugang dazu sagt.«

Professor Polype seufzte so unauffällig wie möglich. Ganz offensichtlich begann ihre Anwesenheit auch ihm auf die Nerven zu gehen.

Die drei, der Professor voran, liefen durch einen langen Gang und erreichten so den Eingang zu einem Raum, in dem Material gelagert war. Als das Licht anging, machte Michael große Augen. Yael genoss das sichtlich und hielt fürs Erste den Mund.

»Ja«, sagte der Professor, »hier findest du alles, was wir brauchen, um die blauen Löcher bis in einer Tiefe von ungefähr vierzig Metern gründlich zu erforschen. Tragbare Kompressoren und Generatoren. Eine ganze

Reihe Unterwasserlampen mit Hunderten von Metern Kabel. Die modernsten Taucherausrüstungen samt tragbaren Computern. Und wie ich schon gesagt habe, Videokameras, mit denen …«

»Und was ist das da?«, unterbrach Michael ihn. Er hatte ein hellgelbes Gerät entdeckt, das ihn stark an einen Torpedo erinnerte.

»Das ist nicht, was du denkst«, antwortete Professor Polype. »Wir haben friedliche Absichten.«

»Allerdings, Kleiner«, unterbrach Yael ihn. »Das ist mein Unterwasserscooter.«

»Dein Unterwasserscooter!«, rief Michael erstaunt. »Tauchst du etwa auch?«

»Natürlich! Mit dir zusammen!«

Das konnte doch nicht wahr sein! Michael glaubte zu sterben.

»Und wenn du ganz lieb bist«, fuhr sie in boshaftem Ton fort, »dann darfst du auch mal auf meinem Scooter mitfahren.«

Das war der Gipfel. Michael konnte sich kaum mehr beherrschen. Er war kurz davor, ihr zu sagen, dass sie mit ihrem Scooter zum Mond fliegen konnte, als auf einmal ein freches Grinsen seine Lippen umspielte. Wie durch Zauberhand fand er seine Ruhe zurück.

»Ach ja?«, antwortete er so gleichgültig wie möglich. »Ich danke dir herzlich für das nette Angebot. Aber um mich unter Wasser fortzubewegen, benutze ich doch lieber meine eigenen Mittel.«

Wenn das keine Rache war. Zum ersten Mal blieb Yael die Antwort schuldig. Michael genoss die Stille.

»Okay«, sagte sie. »Ich erinnere dich daran. Morgen werden wir ja sehen, wie schnell ich dich abhänge.«

Sie drehte sich hochmütig um und ging davon.

»Tja, Michael«, sagte der Professor nach einer Weile, »ich hoffe, dass dir das Mädchen den Spaß nicht allzu sehr verdirbt.«

»Ach, nein«, antwortete Michael selbstsicher. »Im Gegenteil! Für mich wird das eine größere Herausforderung als je zuvor, der ich mich mit Vergnügen stellen werde.«

»Umso besser. Denn auch wenn Yael einen schwierigen Charakter hat, kann sie ausgezeichnet tauchen. Sie hat schon in vielen schwierigen Situationen ihren Mann gestanden.«

Daran zweifele ich nicht, dachte Michael. Aber das ändert nichts daran, dass ich ihr morgen eine Lektion erteilen werde.

Gleich darauf kehrte Michael zurück an Deck. Die Sonne schien so grell, dass er kurz zwinkern musste. Der Professor lief ans Achterdeck. Dort waren einige Techniker damit beschäftigt, den kleinen Hubschrauber startklar zu machen.

»Diesen Chopper werden wir vor allem für Erkundungsflüge verwenden«, sagte der Professor. »Von Land aus sind nur wenige blaue Löcher leicht zugänglich. Außerdem kann man von oben viel mehr sehen. Und wenn es sein muss, kann der Pilot auch zwei Taucher mitnehmen. Die dürfen aber nicht zu schwer sein. Das ist übrigens auch einer der Gründe, warum ihr zwei die Erkundungstauchgänge machen sollt.«

Michaels Augen strahlten. Die Aussicht, in den nächsten Tagen mit dem Hubschrauber mitfliegen zu dürfen, verbesserte seine Laune auf der Stelle. Sogar, wenn er die Ehre mit dieser boshaften Kröte teilen musste.

»Und hast du schon gesehen, dass der Hubschrauber mit Schwimmern ausgerüstet ist?«, fragte der Professor.

Michael nickte.

»Dadurch können wir überall auf dem Wasser landen. Ihr könnt dann direkt vom Hubschrauber aus ins Wasser gehen. So werden wir ziemlich viel Zeit sparen. Und jetzt noch das i-Tüpfelchen ... Sieh mal da, unten an den Schwimmern.«

Michael bückte sich, konnte aber nichts entdecken.

»Da«, sagte der Professor. »Die Winde. Wenn keine Passagiere an Bord sind, können wir damit Fracht in einem Netz transportieren.«

»Zum Beispiel?«

»Zum Beispiel ein kleines Schlauchboot, einen Unterwasserscooter, den Generator samt Ausrüstung, ein Basiskamp, wenn es nötig sein sollte ...«

Professor Polype drehte sich um und zog ein Seil zur Seite.

»Was ist das?«, fragte Michael, als er die Metallstäbe sah. »Das sieht ja aus wie ein Käfig.«

»Gar nicht so falsch«, grinste der Professor. »Wir nennen es Haischutzkäfig. Hier hinein können sich Taucher retten, wenn sie unerwartet auf ein gefährliches Meerestier treffen.«



»Professor«, fragte Michael da, »mit der ganzen Aktion sind doch keine Risiken verbunden, oder?«

»Aber natürlich nicht, Michael«, war die Antwort von jemandem, der auf einmal zwischen ihnen stand. Es war Mister Goldberg, der ihr Gespräch von der Brücke aus verfolgt hatte.

»Es gibt nicht den geringsten Grund, sich zu beunruhigen«, sagte er. »Sonst hätte ich nie erlaubt, dass meine Nichte an diesem Projekt teilnimmt. Betrachte den Haischutzkäfig als eine von vielen Sicherheitsmaßnahmen, die wir höchstwahrscheinlich niemals brauchen werden.«

Michael holte erleichtert Luft und betrachtete den Käfig aus der Nähe. Er sah nicht, dass Mister Goldberg dem Professor einen vernichtenden Blick zuwarf.

# SIEBEN

Das knallrote Schlauchboot brachte Michael zurück an den Anleger. Morgen um neun Uhr wurde er hier wieder erwartet. Dann würde es losgehen.

Michael sprang auf sein Mountainbike und trat schwungvoll in die Pedale. Auf einmal hörte er ein leises Motorengeräusch. »Hallo«, sagte jemand.

Michael erkannte die Stimme. Im Schatten einer Palme saß Yael auf einem zitronengelben Miniscooter.

»Warum hast du denn noch so lange an Bord rumgehangen? Ich warte hier schon seit einer Ewigkeit auf dich.«

»Ich dachte, wir würden uns erst morgen sehen.«

»Um zu tauchen, ja. Aber bis dahin hätte ich gern noch ein bisschen was von der Insel gesehen. Und da du ...«

Michael seufzte. Wenn er nicht auf der Hut war, würde er sie für den Rest des Tages wahrscheinlich nicht mehr loswerden.

»Außerdem«, fuhr sie fort, »ist es doch nicht das Schlechteste, wenn wir uns ein bisschen besser kennenlernen. Morgen sind wir beim Tauchen aufeinander angewiesen, und man weiß ja nie, was passiert.«

Das waren die ersten vernünftigen Worte, die Yael

von sich gab. Michael passte es zwar gar nicht, aber er musste zugeben, dass sie dieses eine Mal nicht unrecht hatte. Allerdings fragte er sich, ob das ihre wahre Absicht war. Er fand nicht sofort einen guten Grund, ihren Vorschlag abzulehnen. Schließlich stimmte er nicht ohne Widerwillen zu.

Sofort wurde er mit einem breiten Grinsen belohnt.

»Ich finde es echt nett von dir, dass du mir den ganzen restlichen Tag opfern willst.«

Das kannst du laut sagen, dachte Michael. Schön, dass du das zumindest zu schätzen weißt.

»Irgendeine Ahnung, wo du mich hinführen willst?«, fragte Yael lammfromm.

»Wenn wir auf dieser Straße weiterfahren, kommen wir an das nördliche Ende der Insel.«

»Da erforscht doch dein Vater die Delfine.«

»Woher weißt du das?«

»Das hat mir der Professor erzählt.«

»Erforscht der denn auch Delfine?«

»Oh nein!«, rief Yael aus. »Seine Lieblingstiere sehen ganz anders aus. Er arbeitet normalerweise an der kanadischen Westküste. Dort leben die größten Tintenfische der Welt.«

»Er forscht also über Tintenfische!«

»Ja, und je größer, desto besser. Letztes Jahr musste ich da mal tauchen. Was ich da zu sehen gekriegt habe, waren nicht gerade kleine Viecher!«

»Und waren sie ganz okay?«

»Alles in allem waren sie ziemlich lahm. Mir gefallen Haie besser. Da ist mehr Action drin.«

»Das glaube ich sofort. Hier bin ich ein paarmal einem Weißspitzen-Riffhai begegnet und …«

»Oh, du meinst diese kleinen Dinger, die gar nichts tun! Die habe ich schon oft genug gesehen. Aber warte, bis du einem Tigerhai oder einem Hammerhai begegnest. Das sind echte Bestien.«

»Nie Probleme mit denen gekriegt?«

»Nicht wirklich, wir hatten ja immer den Haischutzkäfig dabei. Übrigens hoffe ich, bald mit dem Großen Weißen Hai Bekanntschaft zu machen. Mein Onkel hat es mir versprochen. Vor einer Weile habe ich eine Doku gesehen, in der ein bestimmt zehn Meter langer Hai einen Haischutzkäfig gerammt hat, in dem drei Taucher saßen.«

»Und wie ist das ausgegangen?«

»Oh, die drei hatten Glück. Die Leute auf dem Boot konnten den Käfig gerade noch rechtzeitig hochziehen.« Yael grinste. »Nur schade, dass sie die Taucher nicht gezeigt haben, als sie ihre Taucheranzüge ausgezogen haben.«

»Warum?«

»Weil die sich garantiert in die Hose gemacht haben! Hahaha!«

»Yael«, fragte Michael, »glaubst du etwa, dass wir hier so einem Riesenvieh begegnen?«

»Ich denke nicht. Obwohl man natürlich nie wissen kann, welche Monster in diesen tiefen Löchern hocken.«



Und wieder lief es Michael kalt den Rücken hinunter.

Er musste sich anstrengen, um mit Yael auf ihrem Scooter mithalten zu können. Sie war die ganze Zeit neben ihm gefahren, aber jetzt wollte sie ihn offensichtlich herausfordern. Nach und nach erhöhte sie das Tempo. Es war klar, dass sie nicht mehr bis morgen warten konnte, um ihm zu zeigen, wer schneller war.

Gerade als Michael sicher war, dass er nicht mehr lange durchhalten würde, sah er in der Ferne den kleinen Seitenweg, der zu seinem Haus führte. Jetzt wusste er, wie er sie überlisten konnte.

Ohne etwas zu sagen, bog er im richtigen Moment links ab und sprintete los. Yael, die noch ein Stück weitergefahren war, wendete und setzte zur Verfolgung an. Mit dem Vorsprung, den er jetzt hatte, konnte Michael problemlos als Erster ankommen. Der Weg fiel leicht ab, was für ihn ein zusätzlicher Vorteil war. Außerdem war er voller Löcher und Hubbel. Dadurch konnte Yael nicht alles aus ihrem Motor herausholen, sonst riskierte sie einen Sturz. Weil er sich auf bekanntem Terrain bewegte, konnte Michael einen Sprint wagen. Und wie geplant kam er als Erster bei seinem Haus an.

»Das war nicht okay von dir, einfach so unerwartet abzuhauen«, rief Yael, als sie ihn eingeholt hatte.

»Was willst du?«, antwortete Michael. »Ich wollte einfach schnell nach Hause.«

Yael warf einen kurzen Blick auf die Terrasse und das ganze Zeug, das dort immer noch stand, und lächelte. »Wenn du mich fragst, ist das hier eher ein Schweinestall. Man sieht wirklich, dass du hier wohnst. Bist du hierher gefahren, um mir das zu zeigen?«

»Quatsch«, antwortete Michael. »Was glaubst du denn? Ich habe einfach Durst gekriegt und wollte erst mal was trinken. Aber danach zeige ich dir etwas, was echt sehenswert ist.«

Er ging zur Treppe, die auf die Terrasse führte, aber Yael drängelte sich vor.

»Hoho, was haben wir denn da!«, rief sie. »Das hätte ich nicht von dir gedacht.« Sie beugte sich vor und hob die Schale mit der halbierten Orange hoch.

»Weißt du etwa, was das bedeutet?«, fragte Michael neugierig.

Yael fing an zu lachen. »Was bist du doch noch grün hinter den Ohren! Sorry, aber von mir kannst du keine Auskunft erwarten. Ich bin nicht dazu da, dich aufzuklären.«

Erst jetzt kam Michael eine leise Ahnung. Aber ganz sicher war er sich seiner Sache immer noch nicht.

Im selben Moment wurde sich jemand anders seiner Sache sicherer und seufzte erleichtert. Die Person hatte die ganze Szene aufmerksam mit einem Fernglas verfolgt.

Erneut raste Michael mit vollem Tempo los. Wieder war es ihm gelungen, Yael hinter sich zu lassen. Zuerst waren sie brav nebeneinander vom Haus weggefahren. Yael hatte sofort durchschaut, dass er etwas vorhatte, und war keinen Millimeter von seiner Seite gewichen. Aber auch dieses Mal reagierte sie zu langsam, als er zweihundert Meter weiter plötzlich links abbog und den Weg nahm, der zur alten Ruine führte.

Mit seinem Mountainbike war Michael hier im Vorteil, und der Weg war so schmal, dass Yael ihn ohnehin nicht überholen konnte. Trotzdem fuhr er so schnell er konnte. Yael hatte jetzt echte Probleme mitzuhalten. Die Räder des Scooters waren viel zu klein für so einen holperigen Weg. Dennoch wollte sie sich nicht geschlagen geben, sondern ging aufs Ganze. Dass sie ein paarmal fast ins Gebüsch stürzte, störte sie nicht.

Als der Weg begann, sich nach oben zu schlängeln, schaltete Michael in einen niedrigeren Gang um. Mühsam kämpfte er sich hoch. Auch der Scooter hatte es jetzt schwerer. Er krachte und stöhnte und machte so viele quietschende Geräusche, dass Michael fürchtete, er würde jeden Moment den Geist aufgeben.

Aber das kleine Gefährt stellte sich als genauso zäh heraus wie seine Fahrerin. Als Michael schweißgebadet an der Ruine ankam, war Yael nur wenige Meter hinter ihm. An den ersten Mauersteinen hielten sie an. Erst in diesem Moment fragte sich Michael, ob es eigentlich eine gute Idee gewesen war, Yael hierher zu bringen.

Als der Motor des Scooters schwieg, fiel Michael sofort auf, wie still es war. Nicht das kleinste menschliche Geräusch drang zu ihnen durch. Nur das Gezirpe der Grillen durchbrach die Stille. Von dem Landhaus, das vor gut zwei Jahrhunderten an dieser Stelle gebaut worden war, waren nur noch zugewucherte Mauern übrig. Sie lagen schon im Schatten, denn die Sonne war gerade hinter der Hügelspitze verschwunden.

Michael bahnte sich einen Weg durch die Äste und eilte zu einer steinernen Treppe. Sie führte zu einer kleinen Plattform, die früher wahrscheinlich eine Terrasse gewesen war. Er vermutete, dass hier gestern Abend das Feuer gebrannt hatte. Oben angekommen, wurden seine Anstrengungen belohnt. Zu seinen Füßen lag ein Haufen halb verbrannter Holzscheite. Er stellte fest, dass man von hier aus eine großartige Sicht auf das blaue Loch hatte, das am Fuß des Hügels lag. Die Wasseroberfläche war spiegelglatt.

»He, was suchst du hier eigentlich?«, fragte Yael, die ihm gefolgt war.

»Die Ruhe und die Stille«, antwortete er philosophisch. »Aber seit du da bist, gibt es die leider kaum noch.«

Yael reagierte nicht. Stattdessen drehte sie sich um und lief die Treppe hinab. Plötzlich hielt sie an, den Blick fest auf einen Punkt gerichtet.

»Michael«, sagte sie auf einmal übertrieben nett, »wolltest du nicht gerade Ruhe und Stille? Ich glaube, ich habe da was für dich. Komm mal mit!« Mit einem fiesen Grinsen winkte sie ihn zu sich.

Michael zuckte mit den Schultern und folgte ihr. Er war gespannt, was sie jetzt vorhatte, aber er blieb auf der Hut.

Wieder bahnten sie sich einen Weg durch das Gestrüpp. Aber dieses Mal in die andere Richtung. Kurz darauf erreichten sie eine kleine offene Lichtung. Michael riss die Augen auf. Auf dieser Seite der Ruine war er noch nie gewesen. Wo sie jetzt standen, befand sich ein kleiner Friedhof mit umgestürzten und abgesackten Grabsteinen.

»Wenn du Ruhe und Stille suchst«, begann Yael in spottendem Ton, »warum bist du dann nicht hierher gegangen? Oder hast du vielleicht Angst vor Zombies?«

»Zombies? Sehr witzig.«

»Hast du noch nie von Voodoo gehört und von lebenden Toten, die nachts aus ihren Gräbern klettern?«

Michael wurde klar, dass sie ihm einfach nur Angst machen wollte.

»Diese Geschichten aus Haiti glaube ich nicht.«

»Ich würde mich trotzdem in Acht nehmen. Diese haitianischen Zauberer sollte man nicht unterschätzen. Und vergiss nicht, dass Haiti ganz in der Nähe ist.« Yael sah ihn ernst an.

Auf einmal musste Michael an die *Comberbach* denken, deren Ziel Haiti gewesen war. Ob dieses Teufelsmädchen am Ende doch recht hatte?

Yael genoss es zweifellos, dass Michael unsicher wurde. »Komm«, sagte sie, »lass uns mal gucken, ob es hier in der Gegend Zombies gibt. Ich glaube, ich habe von da oben aus etwas gesehen.«

»Und ich dachte, Zombies kommen nur im Dunkeln zum Vorschein!«, warf ihr Michael lachend entgegen, als ob er sie bei einem Widerspruch ertappt hatte.

»Ein bisschen Geduld. Du wirst schon gleich sehen, dass ich recht habe.«

Als Michael sah, wo sie hinging, lachte er nicht mehr. »Da gehen wir aber nicht rein!«, rief er aus.

»Und warum nicht?«, fragte sie. »Hast du etwa Angst?«

Nein, Angst wollte Michael nicht haben und zeigen würde er sie in ihrem Beisein schon gar nicht. Trotzdem musste er schlucken, als er die düstere Gruft mit der weit geöffneten Pforte sah.

Yael war nicht aufzuhalten. Ohne zu zögern, stieg sie vorsichtig die Treppe hinab. Michael blieb nachdenklich vor der Öffnung stehen. Dann hörte er ihre Stimme.

»Entweder du kommst mir nach oder du gehst zur Seite«, rief sie aus der Ferne. »Aber du bleibst nicht in der Tür stehen. Dadurch wird es hier grottendunkel.«

Für einen kurzen Moment spielte Michael mit dem Gedanken, die Tür zuzuschlagen und Yael einzusperren. Aber er überlegte es sich anders und lief die Stufen hinab.

Jetzt drang wieder Licht in den Grabkeller. Trotzdem dauerte es noch eine Weile, bis sich seine Augen an die dunkle Umgebung gewöhnt hatten.

Das Erste, was er erkennen konnte, waren die Nischen mit den Särgen. Bei vielen war das Holz zerfallen, sodass nur noch der Zinksarg übrig war. Plötzlich hörte er ein Feuerzeug. Yael hatte in einer Ecke der Gruft einen Stapel Fackeln gefunden und versuchte, eine davon anzuzünden.

»Muss das sein?«, fragte Michael. »So lange bleiben wir doch gar nicht hier.«

»Es ist okay für mich, wenn du hier alleine zurückbleiben willst, aber ich will wissen, wohin der Weg führt.«



Die Fackel begann zu brennen und erleuchtete einen

langen schmalen Gang am Ende des Grabkellers. Als Yael sah, dass Michael ihr folgen wollte, zündete sie mit der ersten Fackel eine zweite an und reichte sie ihm. Gemeinsam durchquerten sie die schmale Öffnung. Bald schon weitete sich der Gang. Im Licht der Fackeln machten sie die Wände einer lang gezogenen Grotte aus, die stufenweise nach unten führte. Der Boden bestand aus einer harten Lehmschicht mit Löchern und Erhebungen. Auf einmal hielt Yael an. Michael trat schnell einen Schritt auf sie zu und sah, wie sie auf einen kleinen Hohlraum wies.

»Guck mal da, hinter dem Stein.«

Michael beugte sich vor und erschrak. Keinen halben Meter von ihm entfernt saß eine riesige Vogelspinne. Das behaarte Monster war fast so groß wie eine menschliche Hand und starrte ihm direkt in die Augen.

Mit einem Ruck fuhr Michael zurück. Yael brach in lautes Gelächter aus. Als sie sich beruhigt hatte, klang das Echo bis tief unter den Grund.

»Komm, wir gehen noch ein Stück weiter«, sagte sie schließlich. »Ich vermute, dass hier noch mehr schöne Dinge zu finden sind. Ganz dahinten sieht es so aus, als würde Tageslicht einfallen. Das würde ich mir gerne aus der Nähe anschauen.«

Sie stiegen noch tiefer hinab und sahen, dass sich die Grotte nach rechts krümmte. Hinter der Biegung gelangten sie in einen noch größeren unterirdischen Raum. Oben in der Decke befand sich eine kleine Öffnung, durch die Tageslicht hineinfiel. Während sie den schmalen Lichtstrahl bewunderten, hörten sie aus der Ferne ein leises Fiepen. Yael lief schnell in die Richtung, aus der das Geräusch kam. Michael hatte keine andere Wahl, als ihr zu folgen. Je weiter sie liefen, desto mehr schwoll der Lärm an. Es war, als würden Hunderte kleiner Stimmen durcheinanderzwitschern. Schließlich gelangten sie in einen gigantischen Saal mit einer kuppelförmigen Decke. Yael und Michael hielten die brennenden Fackeln so hoch wie möglich. In dem fahlen Licht, das mühsam bis ganz nach oben drang, sahen sie Tausende von Fledermäusen hängen. Einige Dutzend flatterten herum.

»Wow!«, rief Yael. »So viele habe ich noch nie auf einem Fleck gesehen. Das muss ich fotografieren.« Sie zog einen kleinen Fotoapparat aus der Brusttasche ihrer Bluse und drückte auf einen Knopf, um den Blitz einzustellen. »Michael, würdest du etwas für mich tun?«

Sie fragte das so freundlich, dass er sofort misstrauisch wurde.

»Was?«

»Würdest du kurz in der Mitte stehen bleiben, um mit der Fackel die Umgebung zu beleuchten? Dann stelle ich mich an die Seite der Grotte, um ein Foto von den Fledermäusen zu machen.«

»Ist denn der Blitz auch hell genug?«, fragte Michael. Er kannte sich mit Fotografieren nicht so gut aus, aber war der Meinung, dass der Abstand nach oben zu groß war, um ein gutes Foto machen zu können.

»Hell genug für meine Zwecke«, rief Yael und trat zur Seite.

Eine halbe Minute später stand sie am Rand der Grotte. »Okay, jetzt schön ruhig stehen bleiben«, rief sie und richtete die Kamera nach oben. »Da kommt das Vögelchen.«

Ein grelles Licht durchbrach die Dunkelheit, und nicht mal eine Sekunde später fiel ein Sturzregen nasser, widerlicher Dinge nach unten. Michael bekam die volle Ladung ab. Der plötzliche Lichtschein hatte die Fledermäuse so gewaltig erschreckt, dass sie sich alle gleichzeitig erleichtert hatten.

Es dauerte einen Moment, bis Michael begriff, dass er voll von Fledermausdreck war. Aber als ihm dann der Geruch in die Nase stieg und in der Ferne Yael vor Lachen brüllte, wurde ihm klar, was passiert war.

»Ja«, rief Yael ihm von Weitem zu. »So hat man mich früher auch mal reingelegt. Jetzt darfst du beim nächsten Mal einen anderen armen Teufel bescheißen. Im wahrsten Sinne des Wortes!«

Sie lachte, dass einem Hören und Sehen verging. Michael kochte vor Wut. Wie konnte er sich bloß so reinlegen lassen? Wenn er es jetzt mit einem Jungen zu tun gehabt hätte, hätte er sich auf ihn gestürzt, ganz egal, wie stark der auch gewesen wäre. Jetzt musste er sich mit dem Gedanken trösten, dass er es ihr möglichst bald mit gleicher Münze heimzahlen würde. Ein schwacher Trost.

Als er sich mit einem Taschentuch den schlimmsten Dreck vom Kopf und den Schultern gewischt hatte und Yaels Lachanfall endgültig verstummt war, hörte er auf einmal das Geräusch von plätscherndem Wasser. Er wand seinen Kopf nach links. Im Licht seiner Fackel war in der Ferne eine große Öffnung in der Felswand sichtbar. Dort hinten im Dunkeln sah er auf einmal die Bewegung von etwas, das immer größer wurde.

»Da!«, rief er mit sich überschlagender Stimme und zeigte in die Richtung. Yael hatte es auch gesehen, sie stand noch ein Stück näher dran. Sie blieb wie versteinert stehen.

Plötzlich erklang ein lang gestreckter, eisiger Schrei. Dann hörten sie noch tiefer in der Grotte das Flattern von Tausenden von Flügeln. Das Geräusch schwoll zu einem teuflischen Gewirr an. Eine gigantische Wolke von Fledermäusen musste im Anflug sein. Auch über ihnen kamen jetzt alle in Bewegung. Michael und Yael zögerten nicht länger.

Als ein großer Schwarm fliegender Monster durch die Felsöffnung kam, waren sie bereits ein ganzes Stück weg. Allerdings dauerte es nicht lange, bis sie eingeholt wurden und die Fledermäuse nur knapp über sie hinwegflogen. Michael stolperte. Er fiel flach zu Boden, zum Glück, ohne sich zu verletzen. Die Fackel war ihm aus der Hand gefallen und ausgegangen, und er hatte nichts, um sie wieder anzuzünden. Zum Glück hatte er gerade die Grotte mit dem Loch in der Decke erreicht. Das schwache Abendlicht, das nun hineinfiel, erleuchtete die Grotte gerade hell genug, um ungehindert weiter flüchten zu können.

Noch ein paarmal flog ihm eine Gruppe Fledermäuse über den Kopf. Bis er wieder diesen Schrei hörte. Die Fledermäuse drehten um und kurz darauf war das Rauschen ihrer Flügel verstummt.

In einiger Entfernung sah Michael Yaels Fackel leuchten.

»Yael, warte auf mich«, rief er. Er sah, dass sie langsamer wurde. Aber sobald er in den Lichtschein ihrer Fackel kam, lief sie wieder genauso schnell wie vorher. »Warum wartest du nicht, bis ich bei dir bin?«, rief er ihr fassungslos nach.

»Weil du zu sehr stinkst«, antwortete sie lachend.

Michael begriff sie immer weniger. Sie hatten gerade etwas sehr Ungewöhnliches erlebt, und trotzdem ärgerte sie ihn schon wieder, als wäre nichts gewesen. Was ging bloß in ihr vor?

Ein Stück weiter oben wurden die Wände der Grotte wieder enger. Michael sah in der Ferne schon die Öffnung nach draußen. Es fiel noch ein wenig Licht in die Gruft. Michael sah, wie Yael auf einmal ihre Fackel ablegte und dann die Treppe hochrannte. Für einen Moment war es wieder hell. Aber dann fiel die Eisentür vor seiner Nase zu. Der Knall hallte bis tief in die Grotte wider. Michael versuchte, die Tür wieder aufzudrücken. Aber als er hörte, wie der Riegel vorgeschoben wurde, wusste er, dass es zu spät war. Noch ein paarmal drückte er mit den Schultern dagegen. Die Tür bewegte sich keinen Millimeter. Er war eingesperrt.

»Bist du völlig verrückt geworden?«, rief er Yael nach. »Lass mich hier sofort raus!«

»Nein, mache ich nicht. Du hast immer noch keine Bekanntschaft mit den Zombies gemacht. Wenn du welche triffst, dann grüße sie herzlich! See you tomorrow!«

Michael hörte, wie sie lachend weglief, und erkannte, dass Rasen und Toben keinen Sinn hatte. Es würde ihr dann bloß noch mehr Spaß machen.

Er fing sofort an zu überlegen, was er tun konnte. Sein Blick fiel auf die Särge. Es waren mindestens zwölf. Er sah sich weiter um. Vielleicht fand er eine Metallstange, mit der er die Tür aufbrechen konnte. Denn je schneller er hier rauskam, desto besser. Man konnte nie wissen, ob das *Ding*, das sich da bewegt hatte, ihm nicht trotz der Fledermäuse gefolgt war. Michael bekam am ganzen Körper Gänsehaut.

Nach einigen Minuten erfolglosen Suchens drückte er seinen ganzen Körper nochmals gegen die Tür. Sie flog wider Erwarten auf und er stürzte mit einem Schlag ins Freie. Michael richtete sich mühsam auf. Er verstand gar nichts mehr. Yael war doch nicht tatsächlich zurückgeschlichen und hatte den Riegel zurückgeschoben?

Als er eine Sekunde später den Motor ihres Scooters starten hörte, hatte er keinen Zweifel mehr. Yael war zu vielem in der Lage, aber offensichtlich brachte sie es doch nicht übers Herz, ihn hier die ganze Nacht sitzen zu lassen. Michael atmete erleichtert auf und machte sich schnell davon. Die Sonne war gerade untergegangen. Jetzt, wo es dunkel wurde, wollte er lieber nicht alleine auf dem Friedhof sein.

Er lief schnell zu seinem Fahrrad und betastete misstrauisch die Reifen. Nein, sie hatte nicht die Luft rausgelassen. Bei Yael musste er schließlich mit allem rechnen. Er sprang auf sein Fahrrad und fuhr im Dämmerlicht vorsichtig den Weg hinab.

Unten ließ Michael sich ausrollen, bis sein Rad komplett still stand. Er befand sich jetzt ungefähr an derselben Stelle wie am Abend zuvor. Aber dieses Mal hörte er keine seltsamen Geräusche aus dem blauen Loch, nur das Gequake einiger Frösche.

Es war schon fast dunkel, als er den Weg nach Hause einschlug. Der Mond war noch nicht aufgegangen. Das Terrassenlicht, das jeden Abend um sechs Uhr automatisch anging und schon von Weitem zu sehen war, brannte nicht. Michael fluchte. Es würde also der zweite Abend in Folge ohne Strom werden. Er brauchte gar nicht nach dem Grund dafür zu suchen. Irgendein Angestellter in der Stromzentrale trank immer noch Whiskey und hatte daher vergessen, die Brennstoffzufuhr für die Generatoren zu kontrollieren.

In vollständiger Dunkelheit erreichte Michael die Stufen zur Terrasse. Dort lag so viel Zeug herum, dass er ein paarmal stolperte. Wieder einmal schwor er sich, am nächsten Tag aufzuräumen. Endlich war er an der Haustür angelangt. Als er sie öffnete, drang ihm sofort der Geruch von Parfum in die Nase. Er war sich sicher: Es war jemand im Haus.

Einen Moment lang dachte er noch an einen neuen Streich von Yael, aber dann hörte er, wie ein Streichholz gegen eine Streichholzschachtel kratzte, und sah eine kleine Flamme, die sich wie der Schein einer Kerze bewegte. Ihre Leuchtkraft wurde immer stärker und in dem verschwommenen Licht der Kerze wurde ein dunkles Gesicht sichtbar. Das Gesicht einer alten, schwarzen Frau.

»Komm nur herein, Delfinenkind«, sprach sie. »Ich habe dir etwas zu erzählen.«

»Was tun Sie hier in meinem Haus?«, fragte Michael.

»Ich warte schon eine ganze Weile auf dich. Und zwar so, wie es hier bei uns üblich ist.«

Michael wurde bewusst, dass die Frau recht hatte. Die schwarzen Einwohner der Insel besuchten sich ständig und betraten einfach die Häuser der anderen, auch wenn niemand zu Hause war. Nur die Weißen schlossen ihre Häuser ab. Die Familie Jansen gehörte zu den wenigen Ausnahmen.

»Okay.« Michael versuchte, sich zusammenzureißen, während er auf einem der Frau gegenüberstehenden Stuhl Platz nahm. »Ich bin gespannt auf Ihre Geschichte.«

»Delfinenkind, ich versuche dich schon den ganzen Tag zu erreichen. Aber du warst nie allein. Ich wollte dich warnen.«

»Wovor?«

»Vor drohender Gefahr.«

»Doch nicht für mich.«

»Doch, für dich und vielleicht für uns alle.«

»Wer sind Sie denn, dass Sie einfach …«

»Mein Name ist Mama Loeka«, unterbrach sie ihn.

Als er den Namen hörte, wurde Michael todernst. Der alte Cleophas hatte ihm einmal von ihr erzählt, aber Michael hatte sie noch nie zuvor gesehen. Er wusste, dass die alte Frau zurückgezogen lebte und dass sie so gut wie keinen Kontakt zu Weißen hatte. Auch die schwarzen Bewohner der Insel versuchten, ihr so gut wie möglich aus dem Weg zu gehen. Trotzdem wurde sie allgemein geachtet, denn Mama Loeka wurden ungewöhnliche Kräfte nachgesagt. Wer sich keinen Rat mehr wusste, suchte sie auf. Aber dann am liebsten, wenn es dunkel war, denn keiner wollte, dass jemand davon erfuhr. Kurz gesagt, über Mama Loeka wurde auf Long Island so wenig wie möglich gesprochen.

Und jetzt saß sie in seinem Haus. Sie musste einen guten Grund haben, ihn einfach so aufzusuchen.

»Gut«, gab Michael nach, »dann erzählen Sie mir, wovor ich mich in Acht nehmen soll.«

»Delfinenkind, ich habe gesehen, dass etwas Schreckliches deinen Weg kreuzen wird. Es kommt aus der Tiefe, und wenn du nicht aufpasst, wird es dich nicht verschonen.«

»Was raten Sie mir?«

»Folge ab sofort deinem Herzen und lass andere die Wege des Hochmuts gehen.«

»Sie meinen doch nicht, dass ich morgen …«

»Ich meine gar nichts, Delfinenkind. Was du tust und nicht tust, musst du mit dir selbst ausmachen.«

»Aber wie kommen Sie eigentlich darauf?«

»Durch Kräfte, die auch dir bei deiner Geburt gegeben wurden. Nutze sie und du steuerst auf das richtige Ziel zu. Aber wenn du dich missbrauchen lässt, dann wird dir etwas Schlimmes zustoßen.«

»Könnten Sie nicht etwas deutlicher werden?«

»Nein, Delfinenkind, denn mehr habe ich auch nicht gesehen.«



Dann stand die Frau auf. Michael war bewusst, dass

er keine weitere Erklärung bekommen würde. Er begleitete sie bis zur Tür, wo das Licht des aufgegangenen Mondes ihr Gesicht erleuchtete. Sie sah viel freundlicher aus und lächelte sogar. »Delfinenkind, du bist nicht allein. Es gibt noch jemanden, der es gut mit dir meint. Oder hast du das Zeichen heute Morgen nicht bemerkt?«

Michael wusste nicht, wovon sie sprach. Und als er endlich begriff, dass sie wahrscheinlich die Schale mit der halbierten Apfelsine meinte, war Mama Loeka schon in der Dunkelheit verschwunden.

# ACHT

*Mittwoch, 22. März*

Schon fünf Tage in Folge lag das Karibische Meer glatt wie ein Spiegel da. Auch in dem kleinen Hafen von Dead Man's Cay war es an diesem Morgen besonders ruhig. Das große Trinkgelage hatte noch immer kein Ende genommen, sodass auch heute fast alle Einwohner mit einem ordentlichen Kater im Bett lagen.

An Bord der *Leviathan* herrschte schon sehr früh hektische Betriebsamkeit. Plötzlich erklang ein Rattern und mit lautem Brummen setzten sich die Rotorblätter des kleinen Hubschraubers in Bewegung. Die Maschine löste sich vom Achterdeck und flog wie eine überdimensionale Wespe in Richtung Long Island. Viele Augen starrten dem kleinen Hubschrauber nach. Der erste Erkundungsflug hatte begonnen.

»Und trotzdem glaube ich, dass es die Mühe wert wäre, auch die Grotte zu untersuchen. Yael wird uns schon keine Lügengeschichten aufgetischt haben.« Es war die Stimme von Mister Goldberg, der zusammen mit Professor Polype von der Brücke aus den Start des Hubschraubers beobachtet hatte.

»Aber Jerry«, antwortete der Professor, »was wir suchen, ist unter Wasser. Als Biologe sehe ich keinerlei Verbindung zu einem Schwarm aufgescheuchter Fledermäuse. Vergiss nicht, dass Yael die Tiere mit ihrem Blitz aufgeschreckt hat.«

»Und was ist mit diesen Schreien?«

»Das kann genauso gut der Junge selbst gewesen sein. Sie war schließlich ein ganzes Stück von ihm weg und in einem hohlen Raum werden Stimmen schnell verzerrt. Ganz zu schweigen vom Echoeffekt.«

»Trotzdem würde ich das gerne genau wissen. Sobald wir Leute erübrigen können, schicke ich ein paar dorthin.«

Der Professor schwieg. Er kannte Jerry Goldberg zu gut, um ihm zu oft zu widersprechen.

An einem Strand einige Kilometer von der *Leviathan* entfernt machte Michael sein Boot abfahrbereit. Er blickte zu dem kleinen Hubschrauber, der der Küstenlinie folgte, und dachte wieder an die Fledermäuse vom Abend zuvor. Er hatte sich fast die ganze Nacht den Kopf darüber zerbrochen. In den letzten Tagen hatten sich die Rätsel nur so angehäuft. Und dann auch noch der Besuch von Mama Loeka. Welche Bedeutung sollte er ihren Worten beimessen? Konnte er die Leute auf der *Leviathan* im Stich lassen, weil sie ihn dazu drängte? Eine derart großartige Chance, mit so viel technischem Gerät zu tauchen, würde er nie wieder bekommen. Außerdem würde er sich in Yaels Augen unendlich lächerlich machen. Nein, er hatte versprochen zu helfen, also konnte er sich jetzt schwerlich zurückziehen. Und was diese mögliche Gefahr betraf und die Kräfte, über die Mama Loeka gesprochen hatte – nun, er gab sich selbst das Versprechen, dass er ab sofort gut aufpassen würde. Wenn er spürte, dass etwas im Busch war, konnte er vielleicht rechtzeitig reagieren. Ein gewarnter Mann ist schließlich halb gerettet.

Beruhigt schob Michael das Boot ins Wasser. Der kleine Außenbordmotor sprang an und das Gefährt setzte sich in südliche Richtung in Bewegung. Derby konnte jeden Moment auftauchen. Er erkannte die Vibration des kleinen Motors, sogar wenn er Kilometer entfernt war. Er würde Michael auf dem Weg zu seinem verabredeten Treffpunkt begleiten.

Inzwischen hatte Buck, der Hubschrauberpilot, den nördlichsten Punkt von Long Island erreicht. Tief unter sich sah er den alten Leuchtturm am Kap Santa Maria liegen. Von hier aus erstreckte sich die Atlantikküste. Seine Anweisungen besagten, dass dieser Teil nicht untersucht werden sollte. Bis jetzt hatte sein Erkundungsflug noch nicht viel eingebracht. Entlang der Karibischen Küste der Insel hatte er nur ein einziges blaues Loch aufgespürt. Es war sehr klein und nicht allzu weit vom Strand entfernt. Im Meer war es von einer Lagune und Korallenriffen umringt und dadurch für die *Leviathan* nicht zugänglich. Trotzdem hatten Mister Goldberg und der Professor beschlossen, dort mit den Untersuchungen zu beginnen.

Auf dem Rückflug zur Basis sollte Buck so viel wie möglich über Land fliegen und nach geeigneten Tauchplätzen Ausschau halten. Von hier aus waren mehrere blaue Löcher zu sehen. Sie wirkten wie glänzende Spiegel zwischen dem Dunkelgrün der umliegenden Vegetation. Erst als er tief darüber hinwegflog, bekam er ihre richtige Farbe zu sehen.

Das erste Loch hatte einen rötlichen Farbton und war von Mangrovensträuchern gesäumt. Buck, der schon häufiger für wissenschaftliche Zwecke geflogen war, wusste, dass die rote Farbe von der Gerbsäure kam, die von den Mangrovenwurzeln abgegeben wurde. Ein Tauchgang in solchem Wasser würde so ähnlich sein, als tauche man in Wein. Durch die rote Farbe wird es dort unter Wasser sehr schnell dunkel.

Das nächste Loch, das er bemerkte, war eher hellgrau. Daraus folgerte Buck, dass es wahrscheinlich nicht allzu tief war und auch nicht so interessant. Schade, denn direkt daneben verlief ein guter Weg, über den das Loch für die Taucher leicht zu erreichen gewesen wäre.

Ein Stück weiter am Fuß eines Hügels, auf dem im Grünen eine Ruine lag, sah er ein drittes Loch im Sonnenlicht schimmern. An seiner einen Seite wuchsen ebenfalls Mangroven. Trotzdem war das Wasser dort sehr hell. Das blaue Loch war vermutlich ziemlich tief. Vielleicht konnten sie heute Nachmittag hier tauchen.

Zufrieden drehte Buck in Richtung Karibikküste ab. Er warf noch einen flüchtigen Blick nach links. Da sah er in einiger Entfernung mitten im Busch eine eigenartige Mulde. Er fand den Anblick so ungewöhnlich, dass er Kurs darauf nahm. Gleich darauf sah er die Reflexion einer sehr großen Wasseroberfläche, die in einer tiefen

Senke lag. Sie erinnerte ihn an einen Vulkankrater. Als er darüber hinwegflog, fiel ihm die grüne Farbe des Wassers auf. Für einen Moment blieb er auf der Stelle, um die Situation so gut wie möglich einschätzen zu können. Im selben Augenblick sah er es. In der Tiefe bewegte sich ein großer weißer Schimmer durch das Wasser. Er kam langsam voran und wurde dann von dem grünen Schleier des Wassers verschluckt.

Wie verabredet reagierte der Pilot sofort.

»Also, sobald ihr unten irgendeine Strömung spürt, reißt ihr die Tüten auf, sodass das fluoreszierende Pulver freigesetzt wird und sich verteilen kann. So erfahren wir vielleicht, wie die Löcher und Höhlen miteinander verbunden sind.«

Professor Polype gab die Einweisung für den ersten Tauchgang. Michael war gerade an Bord gekommen und bekam jetzt gemeinsam mit Yael seine Anweisungen.

»Ist das Zeug denn so stark?«, fragte er den Professor ungläubig.

»Michael, wenn du ein Glas Wasser mit einer Prise davon trinkst, dann garantiere ich dir, dass du wochenlang fluoreszierend grün pinkelst.«

»Das ist ja großartig!«, rief Yael. »Michael, ab sofort solltest du gut aufpassen, wenn du hier an Bord mal was trinkst! Haha!«

»Ein bisschen mehr Ernst, bitte …«

Weiter kam Professor Polype nicht. Mister Goldberg war dazugekommen und klatschte in die Hände.

»Ich bitte um Aufmerksamkeit! Ich habe gerade mit dem Hubschrauberpilot gesprochen. Unser Plan hat sich geändert. Wir machen keinen Tauchgang in diesem kleinen blauen Loch hier, sondern in einem anderen Loch im Inland.«

»Aber Jerry«, protestierte Professor Polype, »wenn wir nicht systematisch vorgehen, hat alles keinen Sinn, und wir verlieren nur Zeit.«

»Hippo, was Buck mir gerade erzählt hat, ist es wert. Kommst du mal mit nach oben? Wir müssten kurz was besprechen.«

Während Professor Polype die Leiter hochkletterte, näherte sich auch schon der kleine Hubschrauber und bereitete sich auf die Landung vor.

Keine halbe Stunde später hob die Maschine erneut ab. Dieses Mal war sie um einiges schwerer beladen. Zwei Jugendliche, jeder mit einer kompletten Tauchausrüstung, waren an Bord. Michael genoss die ungewohnte Aussicht durch die Kuppel aus Plexiglas. Er war schon öfter über die Insel geflogen, aber in einem Hubschrauber war das Gefühl ein ganz anderes.

Sobald die Maschine über dem Busch flog, sah Michael nach unten. In zehn Metern Tiefe lagen die Baumkronen. Sie sahen aus wie grüne Wolken.

Weil der Hubschrauber so niedrig flog, sah vorerst niemand das blaue Loch. Trotzdem wusste Buck genau, welche Richtung er einschlagen musste. Währenddessen schienen die grünen Wipfel endlos aufeinanderzufolgen. Aber auf einmal öffnete sich das Dunkelgrün und in einer tiefen Mulde breitete sich vor ihren erstaunten Augen eine große Wasseroberfläche aus.

»Ist es das?«, fragte Michael.

Buck nickte. Der Hubschrauber wurde langsamer und blieb oberhalb des Kraters in der Luft stehen. Michael sah, wie unten durch die Bewegung der Rotorblätter große Kreise auf die Wasseroberfläche gezaubert wurden. Langsam gingen sie runter und die Sträucher verschwanden hinter den senkrechten Wänden der Senke. Je dichter der Hubschrauber dem Wasser kam, desto mehr schien es zu kochen. Schließlich berührten die Schwimmer die Wasseroberfläche und der Hubschrauber trieb auf dem Wasser. Buck schob den Hebel zurück, sodass sich die Rotorblätter langsamer drehten. Dann kamen sie mit einem kleinen Ruck zum Stehen. Der Hubschrauber schaukelte noch kurz und dann wurde alles ruhig.

Die gesamte Umgebung erinnerte an einen Kratersee. Rundherum stiegen steile Wände meterhoch auf. Wer hier ins Wasser fiel, fand keinen Halt, um wieder herauszuklettern. Ohne Hubschrauber oder Strickleiter kam man hier nicht mehr lebend heraus. Hin und wieder hörten sie die Schreie der Vögel, die über das Wasser flitzten. Ihre Echos hallten an den Felswänden wider.

»Wer springt als Erstes ins Wasser?«

Michael versuchte, die giftgrüne Farbe des Wassers zu ergründen.

»Dieses eine Mal lasse ich dir gerne den Vortritt, Michael«, sagte Yael grinsend. »Du sollst die Ehre haben, als Erster zu tauchen. Ich hoffe, du weißt das zu schätzen.«

Das wusste Michael in der Tat. Er dachte an Mama Loekas Warnung. Dann begann er sich fertig zu machen. Zuerst drehte er seine Taucherflasche auf. Dann zog er seinen Taucheranzug an und setzte die Brille und die Taucherflasche auf. Eilig steckte er sich das Mundstück zwischen die Kiefer, atmete ein paarmal und ließ sich hintenüber ins Wasser fallen. Als die Luftblasen um ihn herum verschwunden waren, sah er, dass das Wasser kristallklar war. Trotzdem hing in der Tiefe ein grüner Schleier. Wie war das möglich?

Kurz darauf erklang ein zweites Platschen. Es war Yael. Buck reichte beiden eine Unterwasserlampe, Yael gab er auch noch etwas anderes.

»Das ist doch wohl keine Haiharpune, die du da umklammerst?«, fragte Michael sie sofort.

»Doch. Warum?«

Michael wusste, was das bedeutete. In Büchern über Haie hatte er schon öfter gelesen, was für eine furchtbare Waffe das war. Am Ende der Harpune war eine explosive Ladung montiert. Wer einem Wassertier damit einen heftigen Stoß versetzte, verursachte eine riesige, meist tödliche Wunde. Michael fragte sich, warum Yael dieses Mordinstrument mitnehmen wollte.

»Aber hier gibt es doch gar keine Haie«, sagte er.

»Woher weißt du das? Hast du hier schon mal getaucht?«

»Natürlich nicht!«, rief Michael.

»Also …«

»Aber das ist doch Süßwasser. Außerdem sind wir in einer Art Binnensee.«

»Und hast du noch nie von Haien gehört, die kilometerweit durch Flüsse schwimmen? Und hat dieses Gewässer keine Verbindung zum Meer?«

Michael sagte nichts. Er konnte nur zugeben, dass sie durchaus recht haben konnte.

»Was erwartest du also hier?«, wollte er wissen.

»Man weiß nie, was einen unter Wasser erwartet. Darum gehe ich lieber auf Nummer sicher.«

»Und ich?«

»Sei unbesorgt. Ich lasse nicht zu, dass dich etwas auffrisst.«

Michael hoffte, dass sie es dieses Mal ernst meinte.

»Komm«, sagte sie, »auf geht's.«

Ohne Zögern steckte sich Yael ihren Atemregler in den Mund. Sie entlüftete ihr Jacket und ging nach unten. Michael folgte ihrem Beispiel. Allerdings war er etwas unruhig. In diesem Loch zu tauchen erschien ihm so ganz anders als im Meer. Es war hier einfach zu ruhig.

Die ersten Meter des Tauchgangs verliefen problemlos. Die Sicht unter Wasser blieb ausgezeichnet. Beide gingen langsam weiter hinunter, nur wenige Meter voneinander entfernt. Aber keine zehn Sekunden später sah Michael Yaels Flossen in einem grünen Nebel verschwinden. Er spürte, dass sie in einer wärmeren Wasserregion angekommen waren. Es war, als würde er langsam in den Wolken versinken. Das Wasser schmeckte süß und überall um ihn herum war nur noch hellgrüner Nebel. Er konnte keine zwei Meter weit sehen. Yael war nur noch schemenhaft zu erkennen, und er schwamm schneller, um sie nicht aus den Augen zu verlieren.

Sie glitten tiefer und tiefer hinab. Michael verfolgte das Ganze jetzt auf seinem Tiefenmesser. Er musste regelmäßig Luft in sein Jacket blasen. Sonst ging er zu schnell runter. Erst jetzt kam ihm der Gedanke, dass sie vorher lieber eine Boje mit einer Leine hätten aussetzen sollen. So wäre der Tauchgang viel besser unter Kontrolle gewesen und sie hätten auch leichter beieinanderbleiben können. Beim nächsten Mal würde er das tun. Jedenfalls, wenn es ein nächstes Mal geben würde.

Erneut blickte er auf seinen digitalen Tiefenmesser. Sie hatten gerade die Dreizehn-Meter-Marke überschritten. Und obwohl sie nicht weit von der Wand entfernt waren, war immer noch kein Boden in Sicht. Jetzt wurde es dunkler. Michael schaltete sein Unterwasserlicht ein und Yael tat das Gleiche. Nur an der nebelhaften Lichtquelle sah er, dass sie immer noch da war.

Michael spürte, dass sie schon wieder in einer neuen Wasserschicht ankamen. Die Sicht war hier viel besser und auf einmal sah er Yael wieder deutlicher. Mit ihren Lampen konnten sie sich gegenseitig richtig anleuchten. Das war auch notwendig, denn um sie herum herrschte absolute Dunkelheit. Die trübe Zwischenschicht ließ offensichtlich kein Sonnenlicht durch.

Michael wurde wieder etwas ruhiger, obwohl der Boden immer noch nicht zu sehen war. Er schwenkte jetzt regelmäßig den Lichtstrahl seiner Lampe hin und her.

Trotzdem bekam er auf diese Weise kein einziges lebendiges Wesen zu sehen. Es schien, als sei der See ausgestorben.

Endlich landete er auf sandigem Boden, was ihn noch mehr beruhigte. Sein Tiefenmesser zeigte 23,8 Meter an. Der Boden fiel an einer Seite ziemlich schräg ab. Er schwamm zu Yael. Mit Handzeichen verständigten sie sich, dass sie noch weiter nach unten gehen wollten. Allerdings am Boden entlang.

Keine zwei Meter weiter entdeckten sie die ersten Lebewesen. Was zuerst wie ein dunkler Fleck aussah, entpuppte sich im Schein ihrer Lampen als große hellrote Garnele. Und etwas tiefer sahen sie noch weitere auf dem Boden. Als sie die Tiefe von dreißig Metern überschritten, schien unter ihnen buchstäblich alles mit Garnelen übersät zu sein. Die beiden schwammen durch ein Meer roter Garnelen. So etwas hatte Michael noch nie erlebt.

Von jetzt an senkte sich der Boden immer weniger und in etwa sechsunddreißig Metern wurde der Untergrund flach und modderig. Dies musste der tiefste Punkt des blauen Lochs sein. Sie waren jetzt schon fast zehn Minuten unter Wasser, und es wurde Zeit, wieder aufzusteigen, um die Dekompressionskrankheit zu vermeiden. Sie gaben sich das Zeichen zum Auftauchen und folgten beide langsam der schrägen Ebene nach oben.

Sie hatten noch keine fünf Meter zurückgelegt, als sie auf einmal heftige Wasserbewegungen verspürten. Es war, als würde ein Bus vorbeifahren. So schnell sie konnten, drehten sie sich um. Im Licht ihrer Lampen sahen sie einen riesigen weißen Körper in der Ferne verschwinden. Sie blickten sich mit großen Augen an. Offensichtlich steckte in diesem Loch noch mehr als nur Garnelen.

Mit ihren Lampen sichteten sie die Umgebung. Aber alles blieb ruhig. Bevor sie erneut aufbrachen, kontrollierten Michael und Yael schnell den Stand ihres Finimeters. Sie hatten noch genügend Luft, um die Oberfläche zu erreichen, aber allzu lange durften sie nicht mehr herumtrödeln.

Eine Minute später erreichten sie die zweite Wasserschicht. Sie hing immer noch wie eine dichte Wolkendecke auf einer Tiefe von ungefähr zweiundzwanzig Metern. Als sie in die grünliche Erbsensuppe eindrangen, packte Michael Yaels Handgelenk. Er hatte gerade bemerkt, dass seine Lampe schwächer wurde. Offenbar war die Batterie nicht vollständig aufgeladen.

Weil sie jetzt die Hand nicht mehr vor Augen sehen konnten, tasteten sie sich an der schrägen Wand entlang. Als sie fast die Tiefe von fünfzehn Metern erreicht hatten, wurde Michael auf einmal heftig gegen Yael gedrückt. Etwas war in vollem Tempo gegen seine Pressluftflasche gedonnert. Jedenfalls fühlte es sich so an. Yael hatte etwas Gigantisches aus dem Nebel auftauchen sehen. Aber es war so schnell gegangen, dass sie keine Zeit gehabt hatte zu reagieren. Sie stiegen schneller auf. Der Gedanke, dass die Umgebung jeden Moment wieder heller werden konnte, machte ihnen Mut. Aber entgegen allen Erwartungen blieb es stockdunkel.

Als sie die Zehn-Meter-Marke überschritten hatten und es immer noch dunkel blieb, erkannten sie, dass etwas schiefgegangen war. Schließlich entschieden sie sich, die Wand loszulassen und gerade aufzusteigen. Mit über dem Kopf ausgestreckten Armen stiegen Michael und Yael auf. Keine drei Meter höher wussten die beiden, warum es unter Wasser so dunkel blieb. Wie Michael schon befürchtet hatte, wurde ihr Weg an die Oberfläche von einer horizontalen Felswand versperrt. Ohne es zu bemerken, waren sie in einer Unterwassergrotte gelandet! Jetzt hingen sie wie Fliegen an der Decke. Michael wollte wissen, wie viel Luft er noch hatte. Die Nadel an seinem Finimeter zeigte gut fünfzig Bar an. Das bedeutete, dass er vermutlich seine Reserve in Anspruch nehmen musste. Bei Yael war die Lage kritischer. Sie hatte schon die Hälfte ihrer Reserve verbraucht! Michael packte sie am Arm. Der einzige Ausweg war, noch einmal nach unten zu schwimmen, bis sie wieder am Boden ankamen. Auf einmal schienen die Sekunden langsamer zu verrinnen. Michael dachte ununterbrochen an das unbekannte Wesen, das hier ebenfalls irgendwo herumschwamm und sie vielleicht erwartete.

Endlich erreichten sie den Boden. Michael überprüfte gründlich, in welche Richtung der Grund abfiel, stellte seinen Kompass ein und begann jetzt, in diese Richtung schräg aufzusteigen. Dabei behielt er die Kompassnadel unentwegt im Auge. Er hoffte inständig, dass dies der richtige Weg war.

Auf einmal spürte er einen Druck gegen seine Schulter. Yael gab ihm ein Zeichen, dass sie keine Luft mehr hatte. Als er ihr seinen zweiten Regler gab, sah er, dass sie ihre Haiharpune nicht mehr bei sich hatte. Wahrscheinlich hatte sie die verloren.

Sobald Yael wieder Luft bekam, stiegen sie weiter auf.

Von jetzt an wurde es unter Wasser wieder heller und Michael atmete erleichtert auf.

Keine Minute später erreichten sie die oberste Wasserschicht. Es war, als wären sie bereits an der Oberfläche, so hell war es hier. Trotzdem mussten sie in einer Tiefe von drei Metern stoppen. Yaels Tauchcomputer zeigte an, dass sie einen Dekompressionsstopp von zwei Minuten machen musste. Erst danach konnten sie sicher zur Oberfläche zurückkehren. Zum Glück war in Michaels Pressluftflasche noch ausreichend Luft.

Die erste Minute verlief quälend langsam. Michael behielt unentwegt die grüne Wolke unter sich im Auge. Als die zweite Minute begann, sah er dort ganz langsam etwas zum Vorschein kommen. Was zuerst ein verschwommener weißer Fleck war, wurde immer größer und kam direkt auf sie zu. Michael sah, wie Yael die Augen aufriss und noch etwas dichter an ihn heranrückte. Als eine gigantische weiße Masse kurz davor war, in die hellere Wasserschicht einzudringen, zog Michael in einem verzweifelten Versuch sein Tauchermesser aus der Scheide. Zwei Sekunden später wusste er, welchem Tier sie gegenüberstanden.



Oben an der Oberfläche wartete Buck inzwischen schon beinahe eine halbe Stunde. Er wurde ungeduldig. Die ganze Zeit über hatte er sich angestrengt, die Luftblasen der beiden Taucher zu verfolgen. Bei ruhigem Wasser war das in der Regel gar kein Problem. Zuerst waren sie eine Zeit lang immer an der gleichen Stelle aufgestiegen, dann in die Mitte des Lochs gewandert, um kurz darauf zurückzukehren. Buck hatte gut verfolgen können, wie sie schließlich die Wand des Lochs erreichten und dann auf einmal komplett verschwanden. Er war sofort unruhig geworden. Entweder war etwas geschehen oder sie hatten eine Grotte betreten. Und das Letztere wäre gegen alle Absprachen, da sie dafür unzureichend ausgerüstet waren.

Groß war seine Erleichterung, als er keine fünf Minuten später die Luftblasen erneut aufsteigen sah. Dieses Mal wanderten sie wieder in die Mitte des Gewässers. Schließlich stiegen die Blasen wieder für eine Weile an derselben Stelle auf. Sie hatten ihren Sicherheitsstopp eingelegt.

Als er sich zu fragen begann, wann sie jetzt endlich auftauchen würden, sah er in der obersten hellen Wasserschicht eine große weiße Masse kreisen, viel breiter, als er erwartet hatte. Kurz darauf kamen Michael und Yael gemeinsam zum Vorschein. Sie bliesen mit dem Mund ihre Jackets auf. Offensichtlich hatten sie keine Luft mehr. Als Michael Buck sah, formte er mit den Armen einen großen Kreis über dem Kopf. Das war das Zeichen, dass alles in Ordnung war. Dann schwamm er mit Schwung zum Hubschrauber.

»Du rätst nie, was wir gerade gesehen haben«, rief er schon von Weitem. »Erst sind wir fast in einem Garnelenmeer ertrunken und dann wurden wir zwei Mal von einer riesigen, blinden Wasserschildkröte umgeworfen. Das Vieh ist kalkweiß und mindestens zwei Meter lang. Unglaublich!«

Bucks Begeisterung hielt sich in Grenzen. Und auch Yael reagierte nur kühl auf das, was sie erlebt hatte. Michael begriff das nicht. Als der Hubschrauber das blaue Loch hinter sich ließ, grübelte er vor sich hin. Sie hatten eine so unglaubliche Tauchstelle entdeckt und doch wirkten beide enttäuscht. *Was* hatten sie denn erwartet?

# NEUN

Die *Leviathan* versuchte, sich dem Riff so weit wie möglich zu nähern. In fünfzig Metern Entfernung wurde der Anker ausgeworfen. Dann verstummte der Motor. Der Tauchgang, der für heute Morgen vorgesehen war, würde jetzt stattfinden.

Professor Polype rieb sich die Hände. Er hatte recht behalten. Bei einem ernsthaften Projekt musste man systematisch vorgehen, so war es und nicht anders. Mister Goldberg hatte sich nicht mehr blicken lassen. Nicht einmal zum gemütlichen Mittagspicknick auf dem Sonnendeck war er erschienen. Als Michael Yael fragte, wo er blieb, antwortete sie, dass er immer so schrecklich beschäftigt sei. Michael fragte sich, womit. Er hatte schon bemerkt, dass oben auf der Brücke mehrere Antennen standen. Damit konnte man wahrscheinlich leicht Kontakt mit sämtlichen Orten in der ganzen Welt halten. War Mister Goldberg denn so wichtig, dass er auch von hier aus seine Geschäfte führen musste? Reich war er auf jeden Fall. Das musste man sein, um eine so teure Expedition ausstatten zu können. Professor Polype konnte von Glück reden, dass er einen solchen Sponsor gefunden hatte. Oder steckte vielleicht viel mehr hinter diesem wissenschaftlichen Projekt?

Viel Zeit, darüber nachzugrübeln, bekam Michael nicht. Der Professor rief ihn zum Achterdeck. Von dort aus sah er in der Ferne das kleine blaue Loch, in dem sie tauchen würden. Es lag in etwa zweihundert Metern Entfernung in der Nähe des Strandes. Normalerweise wären sie im Schlauchboot dicht herangefahren, aber der Gürtel aus Korallenbäumen verhinderte ein Durchkommen. Sogar mit einem Schlauchboot, das nur einen sehr geringen Tiefgang hatte, war es nicht möglich. Die flachen Kronen der Elchhornkoralle reichten bis an die Wasseroberfläche. Zum Glück war es sehr einfach, unter ihnen durchzutauchen. Am Fuß des Korallenbaums betrug die Tiefe nicht einmal vier Meter, und es gab Platz genug, um vorbeizukommen. Sogar mit einem Unterwasserscooter.

Yaels gelber Torpedo wurde zu Wasser gelassen und sank langsam bis an den Fuß einer Boje, wo sie ihn leicht wiederfinden konnte. Auch jetzt konnte sie es nicht lassen, Michael darauf hinzuweisen, wie schnell sie gleich mit dem Ding durch das Wasser fliegen würde. Aber um die Überraschung nachher komplett zu machen, schwieg er vorläufig und tat so, als hätte er sich in sein Schicksal ergeben. Sie sollte nicht einmal ahnen, dass er einen viel stärkeren Trumpf in der Hinterhand hatte.

Bevor sie ins Wasser gingen, zählte Professor Polype noch einmal die wichtigsten Sicherheitsregeln auf. Am wichtigsten war, dass sie nicht tiefer tauchen durften als fünfunddreißig Meter. Der zweite Tauchgang durfte niemals tiefer gehen als der erste. Auch sollten sie dieses Mal konsequent der Wand des Lochs folgen. Wenn sie waagerecht wurde, durften sie nicht weiter. Und sobald sie das Tageslicht nicht mehr gut sehen konnten, mussten sie zurückkehren. Mit diesen letzten zwei Regeln wollte er vermeiden, dass sie dieselben Probleme bekamen wie am Morgen.

Der Professor gab das Zeichen zum Aufbruch und zweimal nacheinander spritzte das Wasser hoch auf. Michael und Yael gingen sofort nach unten. Der Boden des Karibischen Meeres war sandig und kaum fünf Meter tief. Yael schwamm zu ihrem Scooter und löste ihn von der Boje. Sie hielt die beiden Griffe fest und drückte mit ihrem rechten Daumen auf den roten Knopf. Leises Brummen ertönte und langsam wurde sie von dem Gefährt mitgezogen. Sie schwamm eine kleine Kurve und nahm Kurs auf das Korallenriff. Auf Michael achtete sie nicht mehr. Der würde ihr schon folgen.

Sie hatte allerdings nicht gesehen, dass mittlerweile noch ein dritter Taucher auf der Bildfläche erschienen war. Michael grinste so breit, dass seine Taucherbrille voller Wasser lief. Der Moment, die Zicke grün vor Neid werden zu lassen, war gekommen. Wie Michael erwartet hatte, war Derby in der Nähe der *Leviathan* geblieben und kam jetzt pfeilschnell auf ihn zu. Er griff mit beiden Händen nach der Rückenflosse des Delfins und hielt sie gut fest. Sogleich setzte das ungewöhnliche Team zur Verfolgung an.

Um Michael zu ärgern, hatte Yael die niedrigste Geschwindigkeit gewählt. So war sie nur um weniges schneller als ein normaler Taucher. Sie wollte auch regelmäßig anhalten, um Michael die Zeit zu geben, sie einzuholen. Danach konnte sie dann wieder schnell weiterrasen.

Als Yael das Riff fast erreicht hatte, ließ sie den Knopf los, um zu sehen, wie weit Michael herangekommen war. Genau in diesem Moment schoss Derby in voller Fahrt vorbei. Zuerst begriff sie gar nicht, was sich da abspielte. Aber als sie Michael sah, der sich zwischen den Korallenbäumen hindurchschlängelte, schickte sie ihm eine Reihe Verwünschungen hinterher. Im selben Augenblick drückte sie den Geschwindigkeitsknopf auf Maximum und wie eine Rakete schoss der Scooter los.

Währenddessen suchte sich Derby im Wirrwarr der Korallenbäume seinen Weg. Weil einige Durchgänge ziemlich eng waren und Michael sich nicht an den scharfen Korallen verletzen sollte, begann der Delfin, langsamer zu schwimmen. Das gab Yael die Möglichkeit, sie vorsichtig einzuholen. Aber sich zu beeilen war hier nicht ratsam. Erst als sie das Korallenriff hinter sich gelassen und die Lagune erreicht hatten, war genug Raum da, um schnell zu fahren. Yael setzte alles auf eine Karte, um zu beweisen, dass sie trotz allem die Schnellste war. Die beiden Taucher rasten mit schwindelerregender Geschwindigkeit durch das Wasser. Aber auch die modernste Technik konnte nichts gegen eine Tierart ausrichten, die schon mehr als dreißig Millionen Jahre im Wasser lebte. Mit großem Vorsprung erreichte Michael den Rand des blauen Lochs. Er ließ Derbys Rückenflosse los und umarmte das intelligente Tier. Dank ihm hatte er Yael in ihre Schranken verweisen können.

Er war gespannt auf ihre Reaktion. Als er hochkam, hörte er sie schon kreischen.

»Das war nicht fair!«

»Wieso?«, fragte er.

»Du hast mir nie erzählt, dass du einen Delfin hast.«

»He«, protestierte Michael, »Derby ist nicht mein Eigentum! Er ist mein Freund, mehr noch, er ist mein Delfinbruder!«

Yael kniff die Augen zu Schlitzen zusammen und brach beinahe in Gelächter aus. Dann überlegte sie es sich anders und wurde auf einmal ganz freundlich. »Darf ich auch mal mit ihm tauchen?«, fragte sie schmeichelnd.

»Wenn du von jetzt an ganz brav bist, vielleicht«, antwortete er. Er hatte Mühe, sein Vergnügen zu verbergen. Aber als sie folgsam nickte und ohne weitere Diskussion mit seinem Vorschlag einverstanden zu sein schien, bekam sein Sieg auf einmal einen bitteren Nachgeschmack. Er erkannte, dass der Umschwung in ihrem Verhalten ungewöhnlich schnell erfolgt war. Plötzlich bereute er, dass er sie so herausgefordert hatte. Tief in ihm stieg die Vorahnung auf, dass Derby vielleicht etwas Schlimmes passieren würde. An ihrem Scooter war eine neue Haiharpune befestigt …

»Und, wollen wir heute auch noch mal tauchen?«, fragte Yael. Sie zeigte mit ihrem Scooter auf das blaue Loch. Zum ersten Mal seit seiner Ankunft hier konzentrierte sich Michael auf das eigentliche Ziel ihres Tauchgangs. Er setzte seine Taucherbrille auf und blickte unter Wasser. Unter ihm klaffte eine dunkle Öffnung von knapp fünfzehn Metern Durchmesser. Wieder stieg in ihm dasselbe unangenehme Gefühl auf wie damals im Meer.

»Auf, los geht's!«, rief Yael ihm zu. »Ich bin gespannt, was dieses Loch für uns in petto hält.«

Sie schaltete das Licht an, das vorne in ihrem Scooter eingebaut war, und glitt nach unten. Michael griff nach seiner Lampe und gemeinsam mit Derby folgte er ihr auf dem Fuß. Zwei Meter weiter überschritt er den sandigen Rand des Lochs.

Zuerst folgten sie einer senkrechten Wand, die sich in sieben Metern Tiefe plötzlich nach innen bog. Michael fühlte sich wie eine kleine Fliege, die in einer riesigen Korbflasche gelandet war. Auch Yael brauchte etwas Zeit, sich an die völlig neue Umgebung zu gewöhnen. Sie kreiste mit ihrem Scooter ein paarmal herum, als ob sie sich verirrt hätte. Erst als sie wieder ein Stück aufstieg und die fast horizontale Decke erreichte, begann sie zu begreifen, dass sie eigentlich in einer gigantischen Unterwasserkuppel gelandet waren. Das Loch, durch das sie eingedrungen waren, war nur eine winzige Öffnung nach oben. Wer weiß, wie tief dieses Gewässer eigentlich war …

Wie der Professor es ihnen aufgetragen hatte, folgten die beiden Taucher der gebogenen Decke, die sie langsam nach unten führte. Sie entfernten sich immer weiter von dem Loch in der Höhe.

Nachdem sie schon mindestens dreißig Meter an der Wand entlang zurückgelegt hatten, blickte Michael auf seinen Tiefenmesser. Sie waren noch nicht mal vierzehn

Meter tief. Trotzdem hatte er den Eindruck, viel tiefer zu sein. Er drehte sich um, sodass er mit der Schulter die Wand berühren konnte. Als er schräg nach oben blickte, sah er einen wunderschönen Einfall von Sonnenstrahlen. Das Meerwasser war hier noch heller als in der übrigen Karibik, und das Sonnenlicht, das durch das Loch hereinfiel, konnte dadurch weit in den dunklen Raum hineindringen. Aber genau wie bei einem Lampenschirm wurde der Lichtschein kegelförmig begrenzt.

Michael drehte sich wieder zur Wand und sah, dass Yael inzwischen noch ein ganzes Stück tiefer getaucht war. Mit Derbys Hilfe schwamm er in ihre Richtung. Inzwischen waren sie fünfundzwanzig Meter tief. Hier begann sich die Decke weiter nach unten zu senken. Von nun an würden sie also schneller hinuntergehen können.

In einunddreißig Metern Tiefe wurde eine große Öffnung in der Wand sichtbar. Sie leuchteten mit ihren Lampen hinein und entdeckten einen horizontalen Schacht, der endlos zu sein schien. Eine leichte Strömung war spürbar. Michael blickte auf seinen Kompass. Dieser Gang führte in Richtung Insel. Es war also gut möglich, dass er mit den anderen blauen Löchern in Verbindung stand. Um das herauszufinden, hatten sie die Tüten mit fluoreszierendem Pulver mitbekommen. Auch die Strömung war gut. Sie lief in diesem Moment landeinwärts. Wie abgesprochen, holten sie das Pulver aus den Seitentaschen ihrer Jackets, rissen mit den Fingernägeln die Plastiktüten auf und verteilten das Pulver so gut wie möglich. Im Wasser verbreitete es sich sofort zu grün-gelben, fluoreszierenden Wolken. Langsam trieben sie in den Unterwasserschacht hinein. Sobald die letzte Tüte geöffnet war, begann Yael mit dem Wiederaufstieg. Noch ein letztes Mal leuchtete Michael mit seiner Lampe in den Schacht. Er wollte das Ergebnis ihrer Arbeit beobachten. Überall im Gang war das Wasser jetzt trüb geworden. Dadurch sah er die zwei großen Augen nicht, die ihn schon seit geraumer Zeit aus einiger Entfernung anstarrten. Er bemerkte auch nicht, dass Derby auf einmal sehr nervös war. Erst als ihn der Delfin einige Male anstieß, stieg auch er langsam auf.

Nach einer Minute hatte er Yael eingeholt. Sie hatte auf halbem Weg nach oben auf ihn gewartet und genoss jetzt den prächtigen Lichteinfall. Genau in dem Augenblick, in dem Michael sie erreichte, schoss ein riesiger Schwarm Tarpune aus der Tiefe hoch. Die glitzernde Masse schwamm in den Lichtkegel und versuchte, durch das Loch zu entkommen. Das sah aus wie ein Funken sprühendes Feuerwerk. Michael und Yael wurden so von dem einzigartigen Schauspiel gefangen genommen, dass sie gar nicht auf die Idee kamen, dass die Tiere eigentlich in panischer Angst auf der Flucht waren.

Es war Derby, der die Initiative ergriff. Mit seiner Schnauze mahnte er Michael weiterzuschwimmen. Der sah noch einmal auf seine Tauchuhr und begann dann zusammen mit Yael den letzten Teil des Aufstiegs.

Zum zweiten Mal an diesem Tag war Buck mit seinem Minihelikopter über einem blauen Loch gelandet. Auch jetzt wartete er geduldig, bis die beiden Taucher wieder hochkamen. Aber dieses Mal würde er sie nicht aufnehmen. Yael und Michael konnten problemlos aus eigener Kraft die *Leviathan* erreichen. Trotzdem musste er so schnell wie möglich in Erfahrung bringen, ob die beiden ihren Auftrag erfolgreich ausgeführt hatten. Wenn das fluoreszierende Pulver sich einmal mit dem Wasser vermischt hatte, konnte es sich unter Umständen sehr schnell verbreiten. Er wartete daher auf ein Signal von Michael und Yael. Danach würde er über die Insel fliegen, von einem Loch zum anderen. Und Ausschau halten, ob das fluoreszierende Pulver irgendwo zu sehen war.

Auf einmal sah er direkt neben sich einen Delfin auftauchen. Danach folgte die gelbe Silhouette des Unterwasserscooters und schließlich kamen auch die beiden Taucher nach oben.

»Auftrag ausgeführt, Buck«, rief Michael. »Jetzt bist du dran. Viel Erfolg!«

Die Rotorblätter setzten sich in Bewegung und wie ein riesiger Kolibri hob sich der Hubschrauber in die Luft. Michael und Yael schossen in voller Fahrt durch die Lagune zum Korallenriff.

Niemand achtete noch auf das blaue Loch, in dem ein großer weißer Schimmer beinahe bis an die Wasseroberfläche kam und kurz darauf schnell wieder in düsteren Tiefen verschwand.

# ZEHN

Die Sonne war schon vor einer Weile im Karibischen Meer untergegangen. Trotzdem sah Michael durch das Küchenfenster noch tiefrote und violette Streifen, gegen die sich die dunklen Silhouetten der Palmen abzeichneten. Im Haus brannte die Petroleumlampe und vor ihm stand ein großer Berg Abwasch.

Als er nach Hause gekommen war, hatte er sich erstaunt umgeblickt. Die ganze Terrasse war ordentlich aufgeräumt, und es war nicht schwer zu erraten, wer das gewesen war. Mitten auf dem Gartentisch stand eine frische halbierte Apfelsine mit allem Drum und Dran. Die geheimnisvolle Person, deren Name wahrscheinlich mit einem T begann, war wieder da gewesen.

Auf dem Weg nach Hause hatte Michael den alten Cleophas getroffen, aber er hatte natürlich vergessen, ihn zu fragen, was die Orangen zu bedeuten hatten. Dafür hatte er von ihm erfahren, dass die Whiskeyparty langsam dem Ende entgegenging. Durch den großen Volksauflauf waren die Vorräte schnell leer getrunken. Bald würde jeder nur noch einen mächtigen Kater als Erinnerung haben.

Jetzt, wo die Massen abreisten, gab es auch wieder freie Plätze in den Flugzeugen. Morgen schon landete ein Flug aus Nassau, und es war nicht ausgeschlossen, dass seine Mutter am nächsten Vormittag nach Hause kam. Wenn bis dahin das Chaos nicht aufgeräumt war, konnte er was erleben.

Darum sprang er auch vor Freude in die Luft, als er beim Nachhausekommen entdeckte, dass schon ein Teil der Arbeit erledigt war. Es wartete zwar noch eine Spüle voller Abwasch auf ihn, aber der Gedanke, dass es jemanden gab, der ihm helfen wollte, machte die Plackerei gleich ein bisschen leichter.

Als Michael nach einer ganzen Weile abzutrocknen begann, musste er an Yael denken. Wie würde sie reagieren, wenn sie ihn hier so bei der Arbeit sehen würde? Würde sie ihn wieder auslachen oder würde sie sich zusammenreißen? Seit dem Tauchgang am Nachmittag hielt sie sich auf jeden Fall zurück. Aber genau das beunruhigte ihn. Mehr als zuvor fürchtete er, dass sein Auftritt mit Derby großer Mist gewesen war. Er hatte immer noch nicht vergessen, wie kühl sie an Bord der *Leviathan* reagiert hatte.

Buck war etwa eine Stunde vor Sonnenuntergang ohne Ergebnis zurückgekehrt. Er war mit dem Hubschrauber mehrere Male von einem blauen Loch zum nächsten geflogen. Als die Sonne irgendwann zu tief stand, um durch die Wasseroberfläche hindurch noch etwas zu sehen, hatte er die Suche abgebrochen. Der Tauchgang mit dem fluoreszierenden Pulver hatte also nichts gebracht.

Als Michael die *Leviathan* verlassen hatte, war die Stimmung an Bord weit unter den Gefrierpunkt gefallen. Er fragte sich, worum es diesen Leuten eigentlich ging. Hinter dem ganzen Unternehmen schien etwas Bedrohliches zu stecken. Michael dachte an Mama Loekas Warnung und fragte sich, ob es nicht vernünftiger wäre, sich aus dem Projekt zurückzuziehen.

Der Geschirrberg war inzwischen schon ein ganzes Stück kleiner geworden. Auf einmal hörte Michael das Brummen eines sich nähernden Autos. Wer besuchte ihn bloß so spät abends noch? Er warf sein Geschirrtuch zur Seite und lief ins Freie. Zwei Scheinwerfer kamen hinter den Büschen zum Vorschein und bahnten sich einen Weg durch die Dunkelheit. Erst als die Lichter auf das Haus gerichtet waren, erkannte Michael das Geräusch des Autos. Das konnte nur Robys Bus sein.

Vor der Terrasse kam das weiße Fahrzeug zum Stillstand. »Hi, Roby«, rief Michael. »Noch so spät unterwegs?«

»Ja, Michael. Ich habe Neuigkeiten für dich.«

Er schaltete seine Taschenlampe an, um die kleine Treppe sicher hochzukommen. Wie an den beiden Abenden zuvor gab es noch keinen Strom.

»Hoho«, rief der alte Mann, als er die Terrasse betrat. »Hier ist es aber inzwischen aufgeräumt. Hat deine Mutter dich wissen lassen, dass sie morgen nach Hause kommt?«

»Nein, ich habe gar nichts mehr von ihr gehört.«

»Da bist du nicht der Einzige, Michael. Ich habe gehört, dass jede Menge Leute in Nassau festsitzen. Wenn du mich fragst, ist sie morgen noch nicht wieder hier.«

»Glaubst du?«

»Ganz sicher«, antwortete Roby, während er das Haus betrat. Er sah einen Stapel gespülter Tassen auf der Spüle stehen. »He, was ist denn hier passiert?«

»Ich hatte keine andere Wahl mehr. Hast du Lust, mir zu helfen?«

Michael warf ihm ein Geschirrtuch zu.

»Oh nein, danke, Michael. Wenn du mich schnell wieder loswerden willst, brauchst du mir nur noch mehr solche Angebote zu machen. Donna kann ein Lied davon singen.«

Michael lachte. In diesem Moment ging auf einmal der Strom wieder an und einige Lampen leuchteten plötzlich auf.

»Aha«, rief Roby, »ich glaube, heute Abend wurde schon etwas weniger getrunken. Noch etwas Geduld und ich kann wieder jede Nacht meinem Hobby nachgehen.«

»Jetzt erzähl, Roby. Was hast du von Bill gehört?«

»Kurz bevor der Strom ausgefallen ist, hatte ich noch Funkkontakt mit ihm. Er hat einiges in Erfahrung gebracht.«

»Was denn?«

»Zunächst mal, wer das Wasserflugzeug in Brasilien gechartert hatte.«

»Und?«

»Ein gewisser Doktor John Stevens.«

»Der Name sagt mir nichts.«

»Mir auch nicht. Bill hat mir gesagt, dass dieser Stevens als Biologe arbeitet. Aber als er mir mehr erzählen wollte, fiel der Strom aus. Ich hoffe, dass ich ihn heute Nacht oder morgen erreichen kann. Dann sind wir vielleicht ein bisschen schlauer.«

»Das hoffe ich auch. Versuchst du es jetzt gleich?«

»Nein, ich muss erst noch zu Warren. Er will auch Sonnenkollektoren installieren und hat mich um Rat gefragt.«

»Alles klar.«

Roby ging hinaus. »Grüß ihn auf jeden Fall von mir«, rief Michael ihm nach.

Als Michael hörte, wie das Motorengeräusch langsam verstummte, sah er, dass Roby seine Taschenlampe auf dem Tisch liegen gelassen hatte. Michael zuckte mit den Schultern. Jetzt war es ohnehin zu spät, ihm zu folgen. Er griff nach dem Geschirrtuch, um weiter abzutrocknen, hörte aber gleich darauf schon wieder das Geräusch eines sich nähernden Autos. Roby, der seine Lampe holen kommt, dachte er sofort. Er nahm die Taschenlampe in die Hand und lief ins Freie. Abrupt erstarb das Motorengeräusch. Das war eigenartig. Normalerweise kam niemand hierher, der nicht die Jansens besuchen wollte.

Michael verließ die Terrasse und lief in die Richtung, aus der das Motorengeräusch gekommen war. Es konnte höchstens zweihundert Meter entfernt sein. Dann stieg eine Ahnung in ihm auf. Er bremste ab und schlich vorsichtig weiter.

An dem Weg, der zum Miller-Haus führte, sah er, dass seine Vorahnung richtig gewesen war. Dort, neben dem Weg, stand ein kleiner Jeep. Aber es war niemand zu sehen. Wahrscheinlich waren sie dem Weg zu Fuß gefolgt. Vorsichtig nahm Michael die Verfolgung auf.

Es dauerte nicht lange, bis seine Mühe belohnt wurde. In der Ferne liefen drei Männer. Jeder von ihnen hatte eine Taschenlampe. Sie liefen langsam in Richtung Ruine.

So behutsam wie möglich folgte Michael ihnen in einigem Abstand. Weil sie sich gegenseitig immer wieder kurz anleuchteten, konnte Michael sehen, dass es Weiße waren. Sie gehörten zweifellos zur Mannschaft der *Leviathan*, denn die wenigen Weißen, die auf der Insel wohnten, kannte er alle.

Als der Weg anzusteigen begann, war er ihnen recht nahe auf den Fersen. Er erkannte die Stimme des Anführers. Es war Buck, der Hubschrauberpilot. Was hatten sie zu dieser Uhrzeit bei der Ruine zu suchen? Oder wollten sie ganz woanders hin? Seine Vermutung bestätigte sich. Die Gruppe ließ die Ruine links liegen und lief durch die Büsche auf die andere Seite, wo der kleine Friedhof lag. Am Rand der Lichtung spähte Michael durch die Sträucher hindurch. Er sah, wie Buck das Tor zur Gruft öffnete und mit seinen Kollegen in der klaffenden Öffnung verschwand. Eine Zeit lang wusste Michael nicht, was er tun sollte. Die Verfolgung fortzusetzen war zu riskant. Hier im Mondlicht konnte er dem Weg leicht folgen, aber dort drinnen war es stockdunkel, voller Löcher und Hubbel. Und wenn er im Gang Robys Taschenlampe benutzen würde, würden sie ihn sofort entdecken. Aber er brannte vor Neugierde. Was hatten die Männer da drinnen vor? Schließlich beschloss er, in die Gruft zu schlüpfen und sich dort zu verstecken. Er wollte seinen Plan schon ausführen, als er es sich gerade noch rechtzeitig anders überlegte.

Aus dem Schatten eines Grabmals löste sich ein Schemen. Eine schlanke Gestalt schlich vorsichtig vorwärts und lauschte aufmerksam. Ganz offensichtlich hatte sie die drei Männer gesehen, Michael aber noch nicht.

In dem Moment, in dem die Gestalt in die Gruft eindrang, erkannte Michael die Umrisse eines Rocks. Es gab keinen Zweifel. Es war eine junge Frau oder ein Mädchen und sie schien die Umgebung sehr gut zu kennen.

Einige Minuten verstrichen. Dann schlich Michael als Letzter zur Gruft. Er blickte hinein. Es war stockdunkel und es war kein einziges Geräusch zu hören. Er beschloss, hierzubleiben und abzuwarten, was geschehen würde. Dann kletterte er auf die Gruft und legte sich flach auf die Steine. Von hier aus konnte er alles im Auge behalten, wurde aber von niemandem gesehen.

Während er im Dunkeln lag und wartete, fragte er sich wieder, nach was diese Leute eigentlich auf der Suche waren. Denn er hatte keine Zweifel mehr, dass die Männer von der *Leviathan* irgendetwas auf der Spur waren. Etwas, das um jeden Preis geheim bleiben musste. Hatte es vielleicht mit dem geheimnisvollen Schiffbruch der *Comberbach* zu tun oder mit dem Wasserflugzeug? Da war schließlich auch ein Biologe an Bord gewesen. Und war die Wasserschildkröte von heute Morgen das gleiche Tier, dass er Montagabend in dem blauen Loch hier unten gesehen hatte? Es war sehr wahrscheinlich, wenn die Löcher alle miteinander in Verbindung standen. Und dann war da auch noch dieses Mädchen aufgetaucht. Was hatte sie mit alldem zu tun?

Zeit, darüber nachzudenken, bekam Michael nicht. Er hörte auf einmal Stimmen und drückte sich so flach wie möglich gegen die Steine. Gut anderthalb Meter unter ihm kam der erste Kopf zum Vorschein. Es war Buck. Der Pilot wartete einen Moment, bis auch die beiden anderen aus der Gruft kamen.

»Das war es also«, hörte Michael ihn sagen. »Jetzt sind wir extra für eine Handvoll lahmer Fledermäuse hergekommen. Ich wäre lieber auf der *Leviathan* geblieben. Mein Tag war so schon stressig genug.«

»Ich habe auch nicht mehr erwartet«, erwiderte einer der anderen Männer. »Aber so ist er nun einmal, unser großer Boss. Wenn es um Tiere geht, will er nichts dem Zufall überlassen.«

»Ja, wir haben die Arbeit und er die Kohle«, fügte der Dritte hinzu.

»Pass auf, Jim«, unterbrach Buck ihn. »Wenn ich du wäre, würde ich solche Dinge lieber für mich behalten. Du weißt, wie der Chef darauf reagiert.«

Das waren die letzten Worte der Unterhaltung, die Michael hören konnte. Die drei Männer verließen den Friedhof und verschwanden im Busch. Kurz noch hörte er ihre Stimmen, bevor wieder alles still wurde.

Gerade als Michael sich fragte, wo denn das Mädchen geblieben war, kam sie zum Vorschein. Im Gegensatz zu den Männern bewegte sie sich so lautlos, dass er sie nicht hatte kommen hören. Wendig wie eine Raubkatze schlich sie hinter eine weggesackte Grabplatte und spähte in die Richtung, in der die Männer verschwunden waren. Als sie davon überzeugt zu sein schien, dass ihr keine Gefahr mehr drohte, richtete sie sich auf. Das Mondlicht fiel auf sie und Michael konnte ihre grazile Gestalt jetzt deutlich sehen. Im ersten Moment ähnelte sie so vielen anderen Mädchen auf der Insel, aber es gab doch ein paar auffällige Unterschiede. So war ihre Hautfarbe viel heller, und ihr schwarzes Haar war zu einem langen Zopf geflochten, was vermuten ließ, dass ihre Vorfahren Indianer waren. Er fand es schade, dass er ihr Gesicht nicht zu sehen bekam.

Schnell und geräuschlos lief das Mädchen weg, und Michael versuchte, ihr so vorsichtig wie möglich zu folgen. Sie verschwand zwischen den Büschen und bahnte sich einen Weg durch einen schwer zugänglichen Pfad. Michael hätte nie vermutet, dass von der Ruine aus noch ein anderer Weg wegführte. Er brachte ihn in eine Gegend, die er noch nie zuvor erkundet hatte.

Nach einer kurzen Wanderung sah er in der Ferne ein kleines Licht brennen. Als er näher kam, sah er die Umrisse einer großen Hütte. Das Mädchen ging hinein. Und auf einmal erkannte Michael, wer hier wohnte. Fürs Erste wusste er genug und kehrte zufrieden zurück.

# ELF

*Donnerstag, 23. März*

Das Klappern wurde lauter und lauter. Bald schon begann das ganze Haus zu dröhnen und Michael schreckte hoch. Er sprang aus dem Bett und lief ins Freie. Von der Terrasse aus sah er den Hubschrauber im Garten stehen. Die Rotorblätter machten ihre letzten Umdrehungen und der Pilot lief schon mit eingezogenem Kopf von seiner Maschine weg.

»Ha, gut, dass du hier bist«, rief Buck lachend. »Wir haben schon befürchtet, du hättest das Land verlassen. Aber du hast wohl einfach nur verschlafen. Das trifft sich gut, wir tauchen nämlich hier in der Gegend.«

»Wie kommt das denn?«

»Na ja, heute früh habe ich endlich fluoreszierende Spuren gefunden.«

»Wo?«

»Ganz hier in der Nähe.«

Buck zeigte in die Richtung, in der die Ruine auf dem Hügel lag.

»In dem blauen Loch da oben?«, fragte Michael, um sicherzugehen.

»Ja, ganz genau.«

»Aber da kommt man doch nicht hin.«

»Kein Problem. Ein Trupp ist schon damit beschäftigt, ein Stück Busch zu roden. Es ist auch schon jede Menge Material nach oben gebracht worden. Sogar dein Delfin ist schon da.«

»Derby?«

»Ja, Yael hat darauf bestanden, dass wir ihn in einem Netz rüberfliegen. Eine prima Idee.«

Michael wurde wütend, aber Buck bemerkte das gar nicht. »Jetzt muss ich weg«, sagte Buck. »Mach dich fertig und geh einfach direkt zum Loch. Die anderen sind schon da. Bis gleich.« Sekunden später saß Buck wieder im Hubschrauber und stieg gleich darauf auf.

Eine Zeit lang starrte Michael dem Hubschrauber nach. Er hatte nicht mal die Möglichkeit gehabt zu sagen, dass er nicht mehr mitmachen wollte. Das war auch der Grund dafür gewesen, warum er die anderen an diesem Morgen im Stich gelassen hatte. Aber jetzt, wo sie Derby in die Sache reingezogen hatten, hatte er ohnehin keine Wahl. Widerwillig machte er sich fertig und fuhr mit dem Fahrrad zum blauen Loch.

»Ich hoffe, dieser Tauchgang bringt etwas, denn länger können wir auf die *Leviathan* nicht verzichten.« Es war Mister Goldberg, der das sagte. Er war kurz zuvor mit dem Hubschrauber beim blauen Loch angekommen.

»Es besteht kein Zweifel«, antwortete Professor Polype. »Heute Morgen hat Buck ›es‹ hier an der Oberfläche herumschwimmen sehen. Und dieses Mal war es sicher keine Schildkröte.«

»Das hoffe ich für ihn. Und dann ist da noch dieser Delfin. Warum habt ihr ihn hergebracht?«

»Das war Yaels Idee. Sie hatte gestern das Gefühl, dass der Junge nicht mehr so begeistert war. Darum brauchten wir etwas, das ihn motivieren würde.«

»Gute Idee. Ich hoffe, er ist bald hier. Dann können wir anfangen.«

Aus der Ferne sah Michael, dass der schmale Buschstreifen zwischen dem Wasser und dem Weg komplett verschwunden war. Die Leute hatten ohne Zweifel gründlich gearbeitet. Als er am Rand des Lochs ankam, sah er an der gegenüberliegenden Seite einen kleinen Mangrovensumpf. In der Mitte davon schwamm Derby. Am Ufer lagen mehrere Kabeltrommeln und starke Unterwasserlampen bereit. Daneben stand ein kleiner, aber starker Generator. Das bedeutete, dass sie wahrscheinlich in Grotten tauchen würden. Dann sah er auch den Haischutzkäfig. Wozu sie den brauchten, begriff Michael nicht sofort, denn seine Aufmerksamkeit wurde von Yael abgelenkt. Sie trug schon ihren Taucheranzug und war dabei, ihren Unterwasserscooter zu testen. Michael dachte einen Moment daran, ihr gründlich die Meinung zu sagen, als ihm plötzlich Professor Polype auf die Schulter tippte.

»Weißt du, Michael«, begann er, »dass wir dank deines Delfins die Chance haben, hier etwas Einzigartiges zu entdecken?«

»Schon möglich«, antwortete Michael. »Trotzdem finde ich es nicht gut, dass ihr Derby ohne mein Wissen hierher gebracht habt.«

»Aber doch nur, weil du verschlafen hast. Wir waren davon überzeugt, dass du damit einverstanden bist. Jetzt hör dir mal das Briefing an, und dann wirst du schnell einsehen, wie groß Derbys Beitrag sein kann.«

Michael zog unwillig seine Taucherausrüstung an. Währenddessen lauschte er, was der Professor zu erzählen hatte.

»Wie ihr schon von hier aus sehen könnt«, begann der Professor, »befindet sich an der linken Seite, direkt unter der Wasseroberfläche, eine große Öffnung. Höchstwahrscheinlich ist das der Zugang zu einer Reihe von Unterwassergrotten. Ihr sollt versuchen, sie zu untersuchen. Zur Sicherheit nimmt jeder Taucher eine Leine mit. So könnt ihr leichter zurückkehren. In trübem Wasser ist das ohnehin oft die einzige Möglichkeit. Für die Untersuchung selbst verlassen wir uns auf Derby. Er wird unser bestes Hilfsmittel, um die Grotten zu erkunden. Darum schlage ich vor, dass Michael die Leitung übernimmt.«

Michael spürte, wie er ruhiger wurde. Wenn er die Leitung über den Tauchgang bekam, konnte er jederzeit entscheiden, die Sache zu beenden. Bevor er und Yael ins Wasser gingen, befestigten sie beide noch eine dünne, aber feste Leine an ihrem Handgelenk. Am Ufer warteten zwei Männer darauf, die Leinen abzurollen. Federnd sprangen die jungen Taucher ins Wasser. Die Sicht war ausgezeichnet und Michael stellte seinen Kompass ein.



Vom Ufer aus sahen alle zu, wie die beiden unter Wasser verschwanden. Niemand sah, dass sich an der

Oberfläche, zwischen den Wurzeln der Mangroven, ein lang gestreckter Körper in Bewegung setzte. Er schob sich langsam vorwärts und öffnete sein großes Maul, in dem mehr als hundert pfeilscharfe Zähne blitzten.

Ein Stück davon entfernt hatten die beiden Taucher eine Tiefe von fünf Metern erreicht. Michael klammerte sich an Derbys Rückenflosse fest und wurde von ihm in Schlepptau genommen. Yael auf ihrem Scooter folgte in seinem Kielwasser.

Als ob Derby erraten hätte, was von ihm erwartet wurde, brachte er sie direkt zu einer großen Öffnung in der Wand des Lochs. Im Licht der Scheinwerfer wurde die Unterwassertour mit hoher Schnelligkeit fortgesetzt. Nach gut dreißig Metern weiteten sich die Wände. Sie landeten in einer großen Unterwassergrotte. Überall hingen weiße Tropfsteine, manche mannshoch, der Beweis, dass der Meeresspiegel vor vielen Jahren in der Tat viel niedriger gewesen war.

Auf einmal musste Michael lachen. Dicht gegen die Decke der Grotte gepresst sah er einen Schwarm kleiner Seebarsche. Sie schwammen mit dem Bauch nach oben und waren sich dessen nicht bewusst. Für sie schien die Welt auf dem Kopf zu stehen.

Am Ende des großen Saals entdeckten sie einen neuen Tunnel. Michael schwamm als Erster hinein. Yael kam dicht hinter ihm. Und ein Stück hinter ihr folgte noch etwas …

Langsam stieg der Tunnel an, bis Michael im Licht der Lampe die Wasseroberfläche sah. Es war hier flach, sodass er aufrecht stehen konnte. Sofort ließ er Derby los und kam mit dem Kopf aus dem Wasser. Er beleuchtete die Umgebung mit seiner Lampe. Sie waren in einer großen, dunklen Grotte gelandet.

Michael setzte seine Taucherbrille ab und sah, dass fünf Meter weiter ein kleiner Strand war. Als er auf dem Trockenen angekommen war, konnte er sich ein gutes Bild von der Umgebung machen. Das Wasser, aus dem sie gerade aufgetaucht waren, bildete einen kleinen Binnensee. Er nahm den größten Teil der Grotte in Anspruch.

Inzwischen war auch Yael an Land gekommen. Über die Leine, mit der sie mit den anderen verbunden waren, gab sie eine Reihe von Signalen durch. Kurz darauf holte sie die Leine ein und es kam eine Kabeltrommel mit brennenden Lampen zum Vorschein. Die Grotte badete im Licht. Sie sahen sich um und bemerkten nicht, dass sich unter Wasser etwas vorwärtsbewegte.

Jetzt, wo die Grotte ausreichend beleuchtet war, konnten sie mit der Untersuchung beginnen. Es dauerte nicht lange, bis sie die andere Seite des Sees erreicht hatten. Auch hier begann ein neuer Tunnel unter Wasser. Sie würden erneut tauchen müssen.

Sie kontrollierten, wie viel Luft sie noch hatten. Michael hatte noch mehr als genug, aber Yael hatte schon ein Drittel ihres Vorrats aufgebraucht. Eigentlich durfte sie nicht mehr weiter, sonst brachte das ihre Rückkehr in Gefahr. Michael war aber so neugierig, dass er es auch ohne Yael versuchen wollte. Leider gab es eine weitere wichtige Regel im Tauchsport: Niemals alleine tauchen.

»Aber wenn du mit Derby tauchst«, argumentierte Yael, »dann bist du doch nicht allein?«

»Eigentlich nicht«, antwortete Michael, wenn auch mit gemischten Gefühlen.

»Komm«, sagte Yael, »lass es uns so machen: Du tauchst noch etwa fünfzig Meter weiter, und wenn du bis dahin noch nichts Interessantes entdeckt hast, kehrst du um. Währenddessen lasse ich deine Leine durch meine Hände gleiten.«

»Okay«, antwortete Michael.

»Und wenn du unterwegs in Schwierigkeiten gerätst, ziehst du drei Mal, und dann hole ich dich zurück.«

Michael nickte. Er setzte seine Brille auf und atmete durch sein Atemgerät. Mit schnellen Schritten lief er ins Wasser, packte Derbys Rückenflosse und ließ sich von ihm mitziehen. Yael sah, wie sie beide in dem dunklen Loch verschwanden. Die Leine, die sich weiter abrollte, war das einzige sichtbare Zeichen, dass Michael hier unten, tief unter der Erde, war.

Eine Minute verstrich. Yael verfolgte die Zeit auf ihrer Uhr und spürte, wie ihr die Leine über die Hand glitt. Plötzlich rollte sie sich rasend schnell ab und verbrannte ihr beinahe die Finger. Dann wurde heftig daran gezogen. Die Leine ruckte noch ein paarmal und wurde dann schlaff. So schnell sie konnte, begann Yael sie einzuziehen. Gleich darauf hielt sie das Ende in den Händen. Im Licht ihrer Taucherlampe sah sie, dass die Leine offenbar durchgebissen worden war.

Yael rannte sofort wieder zur anderen Seite der Grotte. Dort griff sie nach ihrer eigenen Leine und gab ein neues Signal durch. Gut hundert Meter weiter, am Rand des blauen Lochs, zogen drei Männer, so schnell sie konnten, ihre Taucherausrüstung an. Sobald sie fertig waren, sprangen sie ins Wasser. Sie blieben an der Oberfläche, bis sie an den Rand des Lochs geschwommen waren. Dort tauchten sie ab. Von hier aus war ihr Weg deutlich vorgegeben. Sie mussten lediglich der Leine mit den brennenden Lampen folgen.

So erreichten sie schnell die Grotte mit den Tropfsteinen. Sie durchschwammen sie, ohne auf die märchenhafte Umgebung zu achten. Der enge Gang, den sie danach durchqueren mussten, war voll trübem Wasser. Das hatten Michael und Yael verursacht, als sie hindurchgeschwommen waren. Aber weil sie glücklicherweise der leuchtenden Schnur folgen konnten, kamen die drei Taucher trotzdem recht gut voran. Schließlich erreichten sie die Grotte, in der Yael wartete. Sie erzählte ihnen, was geschehen war, und die Taucher schwammen schnell zur anderen Seite der Grotte weiter. Einer der Taucher blieb zur Sicherheit zurück. Die beiden anderen tauchten an der Stelle unter, an der Michael verschwunden war. Sie erkannten allerdings schnell, dass sie vor einer beinahe unmöglichen Aufgabe standen. Der Durchgang war eng, und weil Derby und Michael hindurchgeschwommen waren, war alles trübe. Die Männer sahen die Hand vor den Augen nicht.

Yael wartete schweigend zusammen mit dem anderen Taucher. Auf einmal kam einer der Taucher wieder zum Vorschein, gefolgt von dem zweiten.



»Und?«, fragte Yael.

»Nichts zu machen«, sagte der erste Taucher, als er hochkam. »Das Wasser ist zu trübe. Wer darin taucht, kann genauso gut gleich Selbstmord begehen. Wir müssen warten, bis sich der Staub gesetzt hat. Und das kann gut und gerne eine Stunde dauern.«

Michael hatte die Rückenflosse des Delfins festgehalten. Er verstand nicht, warum Derby auf einmal so unglaublich schnell schwamm. Den Ruck an der Leine hatte er nicht einmal gespürt. Er wusste auch nicht, wie viele Meter er inzwischen zurückgelegt hatte. Aber es waren sicher mehr, als Yael und er abgesprochen hatten.

Gerade als er Derby loslassen wollte, wurde über ihm alles heller. Er schaltete seine Tauchlampe aus und sah das Tageslicht über der Wasseroberfläche. Er stieg auf und kam mit dem Kopf über Wasser. Um ihn herum erstreckten sich die Wände einer kuppelförmigen Grotte, die oben ein großes rundes Loch besaß. Farne hingen bis weit über den Rand und durch die Öffnung strömte das Sonnenlicht. Es fiel wie ein Scheinwerfer mitten auf den See, der die Grotte beinahe ganz ausfüllte.

»Wow«, rief Michael überschwänglich. »Das ist ja hier der reinste Elfenpalast!«

Seine Stimme hallte in dem hohlen Raum wider.

Langsam schnorchelte er bis zur Mitte. Das Wasser war heller und nicht einmal fünf Meter tief.

Auf einmal schoss Derby in vollem Tempo auf ihn zu. Der Delfin war völlig außer sich. Michael drehte sich hastig um und sah, dass sich in der Ferne etwas bewegte. Es war bleich und kam pfeilschnell auf sie zu. Das

Erste, was Michael sah, war ein Maul voller Zähne und dahinter ein langer, gekrümmter Körper. In dem verzweifelten Versuch, sich zu verteidigen, hielt er seine Arme gekreuzt vor sich. Direkt vor ihm bremste das Tier ab. Mit weit aufgerissenen Augen und angehaltenem Atem sah sich Michael einer Kreatur gegenüber, wie er sie noch nie im Leben gesehen hatte. Sie war rosa, beinahe drei Meter lang, mit einer Beule auf dem Kopf, einem schmalen Maul voller scharfer Zähne, zwei schelmischen Augen und dem gleichen ewigen Lächeln wie Derby.

So einen lustigen Delfin hatte Michael noch nie gesehen. Er fing laut an zu lachen. Jetzt begann der rosa Delfin zu klicken und zu knacken und ließ sich willig anfassen. Bald schon streichelte Michael den ganzen rosa Körper. Das verrückte Tier sah wirklich ganz anders aus als alle Delfine, die er bisher gesehen hatte.

»Du bist aber ein ulkiger Kerl!«, rief Michael lachend. »Und was tust du hier an diesem ungewöhnlichen Ort? Du bist doch sicher nicht extra meinetwegen hergekommen?«

»Und ob!«, erklang eine Stimme aus der Grotte.

Mit einem Ruck drehte Michael sich um. Auf einem Stein am Wasser saß das Mädchen vom Abend zuvor.

»Wer bist du?«, fragte er überrascht.

»Mein Name ist Talitha.«

»Was tust du hier in dieser Grotte?«

»Das Gleiche wie du«, antwortete sie kichernd.



»Warte, darf ich gerade etwas näher kommen? Dann können wir besser reden.«

So schnell er konnte, schwamm Michael zur Seite. Jetzt konnte er sie besser sehen. Und tatsächlich, wie er es schon erwartet hatte, hatte ihr hellbraunes Gesicht indianische Züge.

»Erzähl, wie bist du hierhergekommen?«

»Genauso wie du.«

»Aber du hast keine Taucherausrüstung an.«

»Ist das denn nötig?«

»Du wirst doch nicht behaupten, dass du das ganze Stück bis hierher …«

»Wer sagt denn, dass ich den gleichen Weg genommen habe?«

»Oh, sorry, ich dachte, es gibt nur einen.«

»Nein, nein, es gibt mehrere. Komm, ich zeige dir, woher ich gekommen bin.«

Talitha nahm Michael an die Hand und führte ihn ins Wasser. Dass ihr Rock dabei vollständig nass wurde, schien sie nicht zu stören. Sie stieß einen kurzen Schrei aus und sofort schwamm der rosa Delfin auf sie zu. Michael pfiff kurz auf den Fingern und noch viel schneller schoss Derby in seine Richtung. Die beiden ließen sich von den Delfinen zur anderen Seite der Grotte mitziehen. Vor der Felswand stoppten sie.

»Und jetzt tauchen wir, kurz, aber tief.«

Das Mädchen ergriff die flache Rückenflosse des rosa Delfins, holte tief Luft und verschwand unter Wasser. Michael folgte ihr. Seine Taucherbrille und das Atemgerät verwendete er nicht. Wenn sie es so konnte, konnte er es auch.



Die beiden Delfine tauchten zehn Meter tief, streiften

an einem Felsen entlang und schossen wieder nach oben. Als Michael wieder nach Luft schnappen konnte, war er von Dunkelheit umgeben. Trotzdem konnte er gerade so aufrecht stehen.

»Wo sind wir denn jetzt?«, fragte er.

»Es ist nicht mehr weit«, antwortete Talitha. »Komm, gib mir deine Hand.« Sie führte Michael aus dem Wasser. Erst da fiel ihm ein, dass er seine Tauchlampe noch bei sich hatte. Er schaltete sie an.

»Nett von dir, ein bisschen Licht zu machen. Das erspart mir eine Fackel.«

»Eine Fackel?«

»Ja, die benutze ich hier normalerweise.«

Michael musste an die Gruft denken. Wieder nahm Talitha ihn an die Hand. Erst jetzt fiel ihm auf, wie zart ihre Finger waren.

»Pass auf, hier geht es aufwärts.«

Im Licht der Lampe sah Michael, dass sie einen großen Saal betraten.

»Und hier«, sagte sie, »habe ich mich auch schon mal kaputtgelacht.«

»Worüber?«

»Über jemanden, der unter Fledermausdreck begraben wurde.«

Da wusste Michael, wo er war. »Und warst du das, die all die Fledermäuse in unsere Richtung gejagt hat?«

»Ja, Michael.«



»Wie hast du das gemacht?«

»Genau so, wie du mit Delfinen umgehst. Du bist

nicht der Einzige, der die Gabe hat, mit Tieren zu kommunizieren.«

»Wow!«, rief Michael begeistert. »Darüber will ich mehr hören.«

»Jetzt nicht, dafür hast du jetzt keine Zeit.«

»Du hast recht«, sagte Michael und warf einen Blick auf die Uhr. »Ich muss zurück. Die anderen denken sicher schon, dass ich ertrunken bin.«

»Michael!« Talitha packte ihn mit beiden Händen.

»Ja?«

»Tu mir einen Gefallen. Erzähl den anderen bitte nicht, dass du den rosa Delfin gesehen hast.«

»Das ist doch nichts Schlimmes …«

»Diesen Leuten kann man nicht trauen. Vielleicht nehmen sie den Delfin mit, wenn sie ihn finden. Und das darf nicht sein.«

»Warum nicht?«

»Weil dann entsetzliche Dinge geschehen können. Aber davon erzähle ich dir beim nächsten Mal mehr.«

»Einverstanden, aber wann sehe ich dich wieder?«

»Sobald du Zeit hast, kannst du zu mir kommen.«

»Gut, aber wo finde ich dich?« Michael versuchte verzweifelt, nicht rot zu werden.

»Das weißt du doch nur zu gut«, antwortete sie lachend. »Oder glaubst du, dass ich dich da oben bei der Gruft nicht gesehen habe? Und dass ich dich nicht hätte abschütteln können, wenn ich es gewollt hätte?«

Michael wurde so rot wie eine Tomate. Aber bevor er sich entschuldigen konnte, war Talitha schon wieder verschwunden.

# ZWÖLF

Michael streckte den Daumen hoch und schwamm ein Stück weg. Die Rotorblätter des kleinen Hubschraubers, der kaum fünf Meter über ihm schwebte, begannen sich schneller zu drehen. Die Kabel, die an ihm hingen, spannten sich an wie die Saiten einer Geige, und langsam wurde Derby aus dem Wasser gehoben. Michael war erleichtert. Es hatte ihn viel Mühe gekostet, den Delfin wieder in das Netz zu bekommen. Es war, als wollte Derby hier nicht weg. Trotzdem war es besser, wenn er wieder ins Meer gebracht wurde. Dort war er schließlich zu Hause.

Eine gute halbe Stunde zuvor war Michael wieder aufgetaucht. Niemand hatte erwartet, dass er noch am Leben war. Natürlich wurde er sofort mit Fragen überschüttet. Er berichtete Professor Polype von der großen Grotte mit der großen Öffnung in der Decke, aber über den rosa Delfin, über Talitha oder den Durchgang zum großen Saal sagte er kein Wort. Absichtlich erzählte er ausführlich und sehr begeistert von der märchenhaften Umgebung. Und wieder fiel ihm auf, dass sein Enthusiasmus von niemandem geteilt wurde, im Gegenteil. Ohne ihm noch weiter Beachtung zu schenken, gab der Professor den Auftrag, alle Geräte einzusammeln. Nicht ohne heimliches Vergnügen stellte Michael fest, dass zum Aufbruch geblasen wurde. Er konzentrierte sich dabei auf Derbys Evakuierung.

Als der Hubschrauber mit seiner Ladung hinter den Sträuchern verschwand, kletterte er müde, aber glücklich aus dem Wasser. Beinahe singend zog er sich so schnell wie möglich an, raffte seine Sachen zusammen, sprang auf sein Rad und fuhr nach Hause. Er würde schnell duschen, etwas essen und dann Talitha besuchen. Nichts konnte seinen Tag noch verderben.

Leider ahnte Michael nicht, dass jemand ihn die ganze Zeit über beobachtete. Sobald er weg war, zog Yael ihr Handy aus der Tasche. Sie führte ein langes Gespräch mit der *Leviathan* und begann, Michael in einigem Abstand zu folgen.

In etwa hundert Metern Entfernung ließ Talitha ihr Fernglas sinken. Nachdem sie Michael in der Fledermausgrotte zurückgelassen hatte, war sie zur Ruine gegangen. Von der Terrasse aus konnte sie das blaue Loch im Auge behalten und hatte alles mit angesehen: von dem Zeitpunkt an, an dem Michael aufgetaucht war, bis zu dem Moment, in dem Derby weggeflogen wurde. Aber was sich an der Seite abspielte, konnte sie durch das Gebüsch nicht sehen.

Gerade als sie beschloss, die Terrasse zu verlassen, hörte Talitha den Hubschrauber zurückkehren. Zuerst dachte sie, er würde noch weitere Geräte abholen, aber er machte keine Anstalten zu landen. Er schlängelte sich die Hügelkette hinauf und kam der Öffnung der kuppelförmigen Grotte immer näher. Das Unvermeidliche geschah. Wie eine Wespe blieb der Hubschrauber minutenlang an einer Stelle hängen. Der Pilot hatte die Grotte von der Luft aus geortet!

Er flog wieder weg, und Talitha wusste nicht, was sie davon halten sollte. Einen Moment noch verfolgte sie den Hubschrauber mit den Augen. Und dann sah sie etwas, was sie losrennen ließ. Sie musste so schnell wie möglich eingreifen. Aber sie konnte das nicht alleine. Sie brauchte dringend Michaels Hilfe!

Michael kam gerade nach Hause. Noch immer war er froh, dass er die anderen mit seinen Geschichten derart hatte abspeisen können. Er war jetzt überzeugt davon, dass die Leute von der *Leviathan* auf der Suche nach dem rosa Delfin waren. Allerdings hatte er noch keine Erklärung für die ganze Geheimnistuerei. Und er verstand auch nicht, warum mit derartigem Aufwand nach ihm gesucht wurde. Er hoffte, dass Talitha ihm mehr erzählen konnte.

Er stieg die Treppe zur Terrasse hoch und warf seine Tauchtasche auf den Boden. Seine Taucherausrüstung würde er erst heute Abend auswaschen. Er wollte die Haustür öffnen, sah aber auf einmal, dass unter der Tür ein Brief lag. Er zog ihn heraus und faltete ihn auf. Es war eine dringende Nachricht von Roby. Michael las sie hastig durch. Als er fertig war, wusste er, worauf Doktor John Stevens spezialisiert war. Und auch, für welches Unternehmen er arbeitete.



Eilig öffnete er die Haustür und lief ins Haus, direkt zum Bücherregal seines Vaters. Dort zog er ein großes

Delfinlexikon heraus, blätterte darin, bis er die richtige Seite gefunden hatte, und las, so schnell er konnte. Drei Minuten später schlug er das Buch wieder zu.

»Unglaublich«, murmelte er. »Jetzt wird mir alles klar. Ich muss Talitha so schnell wie möglich warnen.«

Er lief zur Haustür, hörte im Garten ein Geräusch und sah Talitha die Treppe hinaufrennen.

»He, was machst du denn hier?«, fragte er erstaunt. »Ist was passiert?«

»Ja«, rief sie keuchend. »Du musst mitkommen. Sie haben den rosa Delfin entdeckt.«

Michael erfasste sofort den Ernst der Situation. Nach dem, was er gerade gelesen hatte, war dies das Schlimmste, was geschehen konnte. Ohne zu zögern, nahm er Talithas Hand, und zusammen rannten sie los.

Währenddessen erzählte Talitha Michael, was genau sie beobachtet hatte. Als er mit ihr den Weg zur Ruine einschlagen wollte, hielt sie ihn zurück.

»Nein, Michael, nicht in diese Richtung. Ich kenne einen kürzeren Weg.«

Und tatsächlich, ein paar Dutzend Meter weiter befand sich in dem dichten Busch eine Öffnung. Das war Michael zuvor nie aufgefallen. Hinter der Öffnung gelangten sie auf einen Pfad, der fast vollständig zugewuchert war. So gut es ging, bahnten sie sich ihren Weg durch das Gestrüpp.

»Und was ist dann passiert?«, fragte Michael, der den Rest der Geschichte hören wollte.

»Der Hubschrauber ist zum blauen Loch am Fuß des Hügels zurückgeflogen. Als er gelandet ist, ist ein Taucher eingestiegen, und sofort ist er wieder aufgestiegen. Ich habe mich gefragt, was sie wohl vorhatten. Aber als der Hubschrauber erneut über der Öffnung der Grotte schwebte und der Taucher an einer Leine nach unten gelassen wurde, wusste ich Bescheid. Wir müssen den rosa Delfin unbedingt beschützen!«

»Kann er sich denn nicht selber verteidigen?«

Talitha fing an zu lachen. »So ein braver Kerl! Der würde nicht mal einer Fliege etwas zuleide tun. Sobald du in die Grotte kommst, kommt er zu dir und will mit dir spielen. Wenn du willst, kannst du ihn im Handumdrehen fertigmachen.«

Jetzt erst drang die Gefahr vollständig zu Michael durch. Was Talitha über das Tier erzählte, stimmte mit dem überein, was er in dem Lexikon gelesen hatte. Sie mussten so schnell wie möglich etwas unternehmen.

Ein Stück weiter begann der Pfad anzusteigen. Es wurde noch schwieriger voranzukommen. »Ist es noch weit?«, fragte Michael.

Talitha wollte antworten, aber dann hörten sie unten in der Tiefe das Brummen des Hubschraubers, der erneut aufstieg. Das Geräusch schwoll an und kam auf sie zu. Kurz hatte Michael das Gefühl, dass der Hubschrauber sie streifen würde, aber dann sah er, dass er gut dreißig Meter von ihnen entfernt in der Luft stehen blieb. Er konnte Talitha nicht mehr aufhalten. Sie rannte weiter, nur um auf einmal abrupt stehen zu bleiben. Vor ihr klaffte ein tiefer Abgrund. Sie blickte nach unten in die Grotte. Direkt über ihr hing der Hubschrauber in der Luft und ihre langen, tiefschwarzen Haare, die sie zum Trocknen offen trug, wehten im Wind. Außer Atem kam jetzt auch Michael an und blickte durch die Öffnung nach unten. Ein zweiter Taucher wurde an einem Kabel hinabgelassen. Unten saß der erste Taucher und hielt den rosa Delfin fest. Das Tier lag unnatürlich still da.

»Aus dem Weg«, rief Talitha plötzlich. Michael sprang zur Seite und sah, wie sie ein langes Seil nach unten warf. Eins der Enden hatte sie um einen Baumstamm geknotet.

Ohne zu zögern, packte sie das Seil und ließ sich nach unten gleiten. Ganz offensichtlich machte sie das nicht zum ersten Mal. Michael versuchte unbeholfen, ihrem Beispiel zu folgen.

Inzwischen hatte der zweite Taucher das Wasser erreicht, warf ein großes Netz über den Delfin und rollte ihn darin ein. In diesem Augenblick ließ Talitha das Seil los. Die letzten zehn Meter legte sie im freien Fall zurück. Das Wasser spritzte auf, als sie darin landete, und die beiden Taucher blickten erschrocken auf. Bis zu diesem Moment hatte keiner von ihnen etwas von ihrer Anwesenheit bemerkt. Talitha schwamm zu dem Delfin und auch Michael ließ sich jetzt fallen. Er sah gerade noch, wie sich Talitha wie eine Rasende auf einen der Taucher stürzte. Dann tauchte er unter. Als er wieder hochkam, wurde der Delfin langsam aus dem Wasser gehoben. Michael schwamm auf ihn zu. Wenn er das Netz festhielt, konnte er vielleicht verhindern, dass der Hubschrauber weiter aufstieg. Mit größter Kraftanstrengung versuchte er, das Netz zu fassen zu kriegen, das inzwischen schon über seinem Kopf baumelte. Er fühlte die Haut des Tieres und das Netz, das sie umspannte. Aber seine Finger fanden keinen Halt. Noch einmal versuchte er, aus dem Wasser zu kommen, aber der Delfin war jetzt definitiv außerhalb seiner Reichweite und der Hubschrauber stieg weiter in die Höhe.

Hinter sich hörte er einen unterdrückten Schrei von Talitha. Einer der Taucher hielt sie im Würgegriff. Michael schwamm sofort zu ihr, und als der Taucher ihn kommen sah, ließ er das Mädchen los und tauchte weg. Michael versuchte noch, ihn zu verfolgen, aber ihm wurde schnell klar, dass er ohne Ausrüstung nicht den Hauch einer Chance hatte.

Nach Luft schnappend, kam er wieder nach oben. An den Luftblasen der Taucher sah er, dass sie durch den Unterwassergang verschwanden. Durch denselben, den er heute Morgen genommen hatte. Mittlerweile hatte der Staub genug Zeit gehabt, sich zu legen. Für die Taucher würde es jetzt nicht mehr schwer sein, den Rückweg zu finden. Wütend blickte Michael nach oben, wo der Delfin durch die Öffnung der Grotte verschwand. Vorläufig konnte er nichts tun. Er war erschöpft und musste dringend zu Atem kommen. Mutlos schwamm er zur Seite, wo Talitha auf ihn wartete. Sie hatte Tränen in den Augen. Als er aus dem Wasser stieg, warf sie die Arme um ihn. Das Geräusch des Hubschraubers erstarb und es wurde still in der Grotte.

Und in diesem Augenblick tauchte jemand am Rand der Öffnung auf. »Hallo«, klang es durch den hohlen Raum. Es war Yael.

»Hallo, Michael«, erklang es erneut, »ich wusste gar nicht, dass du so gut lügen kannst. Oder hat die dumme Zicke dir alles ins Ohr geflüstert? Oh, jetzt, wo ich sehe, dass sie in deinen Armen liegt, wird sie ihren Delfin sicher eine Zeit lang verschmerzen können. Sie kann sich auf jeden Fall sicher sein, dass wir gut für ihn sorgen. Und damit euch niemand stört …«

Mit einem platschenden Geräusch landete das Seil wie eine Schlange im Wasser. Der Rückweg war ihnen buchstäblich abgeschnitten.

»Und dann noch etwas, mein lieber Freund. Nach Derby brauchst du fürs Erste auch nicht mehr zu suchen.«

»Was?!«, schrie Michael und die Angst schnürte ihm die Kehle zu.

»Wir haben beschlossen, ihn auch mitzunehmen. Jetzt, wo du ohnehin jemand anderen hast, mit dem du dich beschäftigen kannst, werde ich mich seiner erbarmen. Jetzt küsst mal schön weiter. Tschüüüs!«

»Blöde Ziege«, rief Michael, so laut er konnte. »Warte, bis ich …«

Talitha legte ihm sanft die Hand auf den Mund.

»Gönn ihr das Vergnügen nicht«, flüsterte sie ihm ins Ohr. »Ich beobachte sie schon seit ein paar Tagen, und das Einzige, was ihr Spaß macht, ist, andere auf die Palme zu bringen. Wir zahlen es ihr und all den anderen auf andere Weise heim.«

»Aber wie?«, fragte Michael verzweifelt.

»Das wirst du schon sehen. Zusammen haben wir sehr starke Kräfte. Und die werden uns helfen.«

»Ach ja?«

»Natürlich, Michael, aber zunächst müssen wir hier irgendwie wegkommen.«

Wie es aussah, konnten sie nur unter Wasser entkommen. Sie würden tauchen müssen, ohne Taucherausrüstung und ohne die Hilfe der Delfine. Der Weg in Richtung blaues Loch war ausgeschlossen. Die Entfernung unter Wasser war ohne Pressluftflasche viel zu groß. Nur durch den anderen Tunnel, den sie schon zusammen durchquert hatten, hatten sie eine reelle Chance. Wenn sie die *Leviathan* noch aufhalten wollten, war dieser Weg die einzige Möglichkeit.

Michael stieg ins Wasser, um das Seil zu holen.

»Was hast du damit vor?«, fragte Talitha.

»Ich mache es an der Stelle fest, an der wir abtauchen, und das lose Ende nehme ich mit. Wenn wir uns verirren, haben wir zumindest einen Anhaltspunkt.«

Sie atmeten beide tief ein und verschwanden mit einem Kopfsprung unter Wasser. Die Wand der Grotte verlief schräg nach unten. Je tiefer sie gingen, desto dunkler wurde es. Talitha sah beinahe nichts mehr, außer Michaels Umrissen, der sich krampfhaft neben ihr hielt. Dann wurde es stockdunkel. Sie fühlte, dass sich die Felswand wieder nach oben hin öffnete, was hieß, dass sie aufsteigen konnte. Sie begann mit aller Kraft mit den Beinen zu schlagen. Sie wusste, dass sie es schaffen würde. Prustend tauchte sie oben in der Dunkelheit auf.



»Michael?«, rief sie.

Es war unheimlich still in der Grotte.

»Michael!!«, rief sie wieder. Der Schreck nahm ihr fast den Atem. »Wo bist du?«

Es blieb still.

Talitha atmete tief ein und tauchte zum zweiten Mal. Zum Glück kannte sie den Weg. In den letzten zehn Tagen hatte sie ihn mehrmals am Tag mit dem Delfin genommen. Nach einer Minute, die ihr wie Stunden vorkam, tauchte sie wieder in der großen Grotte auf, aus der sie gerade aufgebrochen waren. Aber auch hier war keine Spur von Michael zu sehen. Das Seil fiel ihr ins Auge. Es war straff gespannt. Zum dritten Mal atmete sie tief ein und tauchte ab. Sie folgte dem Seil bis ganz nach unten. Und dort, in völliger Dunkelheit, spürte sie Michaels Körper. Er hatte sich mit dem Fuß in einer Schlaufe des Seils verheddert und bewegte sich nicht mehr. Sie versuchte zweimal, ihn loszureißen. Vergeblich. Bei der dritten, letzten Kraftanstrengung gelang es ihr. Ihr Kopf begann zu dröhnen, und sie fühlte, wie ihre Lungen nach Luft lechzten. Trotzdem durfte sie ihn nicht loslassen. Die letzten zehn Sekunden des Aufstiegs dauerten eine Ewigkeit. Gerade, als ihr selbst schwummerig wurde, durchbrach sie die Wasseroberfläche.

Gut einen Meter weiter spürte sie festen Boden unter den Füßen. So schnell sie konnte, schleppte sie Michael aufs Trockene, wo sie ihn flach auf den Boden legte. Sie drehte seinen Kopf zur Seite und ließ das Wasser aus seinem Mund laufen, hob sein Kinn und lauschte, ob er noch atmete. Kein Geräusch. Sie kniff seine Nase zu, legte ihren Mund an seine Lippen und blies ihm zweimal nacheinander Luft in die Lungen. Danach legte sie drei Finger neben seine Luftröhre und fühlte das Blut pulsieren. Sein Herz arbeitete also noch. Erneut blies sie ihm Luft in die Lungen. Fünf Sekunden später noch einmal und dann noch einmal.

Auf einmal begann Michael zu husten und zu prusten und nach Luft zu schnappen. Das war ein gutes Zeichen. Talitha wusste jetzt, dass er es schaffen würde. Der Erste-Hilfe-Kurs, den sie letztes Jahr mitgemacht hatte, war nicht umsonst gewesen. Aber jetzt musste sie noch versuchen, ihn aus der kalten Grotte zu bringen. Er atmete nur schwach und konnte sich kaum bewegen. Sie begann, ihn überall zu massieren. Dadurch floss sein Blut schneller und ihm wurde wärmer. Dabei achtete sie die ganze Zeit darauf, ob er noch atmete. Dann versuchte sie, ihn aufzurichten, bis er mit seinem Körper an ihre Hüften gelehnt war. So schaffte sie es, wenn auch mit großer Mühe, ihn ein Stück zu tragen.

Schließlich erreichte sie die Grotte mit dem Lichtloch in der Decke. Sie legte Michael im Sonnenlicht ab und sah, dass er die Augen öffnete. Voller Freude nahm sie seine Hand.

»Bleib hier ganz ruhig liegen«, sagte sie sanft. »Ich hole Hilfe. Ich bin gleich zurück.«

Bevor sie losging, drückte sie ihm noch schnell einen Kuss auf die Lippen. Das war jetzt erlaubt, fand sie. Michael versuchte zu lächeln und schloss die Augen.

# DREIZEHN

*Freitag, 24. März*

Erst fünfzehn Stunden später erwachte Michael. Er öffnete die Augen und sah, dass er nicht in seinem Zimmer lag. Die Decke über seinem Kopf war aus Wellblech und er hörte ein mehrstimmiges Schnarchen. Michael setzte sich auf und blickte sich um. Er lag in einem großen Raum in einer Ecke. Durch die zugezogenen Gardinen fiel gedämpftes Licht. Er sah auf die Uhr. Es war fast Viertel nach sechs. In einer anderen Ecke stand ein Bett, in dem eine große Frau schlief. Auf dem Sofa in dem Teil des Raums, der wohl das Wohnzimmer war, sah er einen Mann liegen. Und als Michael sich ganz gerade aufgesetzt hatte, sah er, dass neben ihm auf dem Boden auch jemand lag. Er erkannte sie sofort. Es war Talitha.

Jetzt erinnerte er sich wieder bruchstückhaft an die Geschehnisse. An den Tauchgang von gestern, der ihm beinahe zum Verhängnis geworden war. Talitha, die ihn gerettet hatte, der schwarze Mann mit dem seltsamen Akzent, der ihn aus der Grotte geholt hatte, und die Hütte von Mama Loeka, in die er hineingetragen wurde. Er war die ganze Zeit über so schlapp gewesen, dass es für ihn eher wie ein Traum gewirkt hatte.

Aber jetzt fühlte er sich wieder fit wie ein Turnschuh. Die Pflege dieser Menschen und der lange Schlaf hatten ihm zweifellos gutgetan. Er hatte bloß Hunger wie ein Wolf. In den letzten vierundzwanzig Stunden hatte er schließlich fast nichts gegessen.

Er hatte entsetzlich viel erlebt. Es war kaum zu fassen, wie schnell plötzlich alles schiefgegangen war. Und jetzt konnten sie die Sache natürlich vergessen. Die *Leviathan* war zweifellos längst verschwunden, mit den beiden Delfinen an Bord.

Bei diesem Gedanken konnte Michael nicht länger im Bett bleiben. Es musste etwas geschehen. Vorsichtig versuchte er aufzustehen, aber die Federn des alten Bettes knarzten so laut, dass Talitha davon aufwachte.

»Wo gehst du hin?«, fragte sie mit gedämpfter Stimme.

»Ich habe genug geschlafen.«

»Und, wie fühlst du dich?«

»Großartig, aber ich sterbe vor Hunger.«

»Das klingt gut«, sagte Talitha und lachte. »Komm, wir holen schnell etwas aus der Küche und essen draußen. Dann wecken wir die anderen nicht. Draußen wird es gerade sonnig.«

In der dritten Ecke des Raumes stand ein steinalter Kühlschrank, der noch mit Petroleum arbeitete. Talitha zog eine Schüssel mit kaltem Griesbrei heraus. Aus einer Schublade nahm sie zwei Löffel. So leise wie möglich schlichen sie ins Freie. Talitha zeigte auf eine Bank, die von der Morgensonne beschienen wurde.



»Bist du Rechts- oder Linkshänder?«, fragte sie.

»Rechtshänder. Warum?«

»Das passt gut«, sagte Talitha und setzte sich schnell hin. »Setz dich mal rechts von mir. Ich bin Linkshänder und mit der Schüssel zwischen uns wird das prima funktionieren. Du magst doch Griesbrei?«

»Ich mag fast alles, vor allem, wenn ich ausgehungert bin«, sagte Michael und grinste.

Er wollte gerade den Löffel in die Schüssel tauchen, als ihm etwas einfiel.

»Oh ja, entschuldige, dass ich noch nicht früher daran gedacht habe, aber ...« Michael zögerte kurz. Er fand nicht gleich die richtigen Worte. »Ja, danke für das, was du gestern für mich getan hast.«

»Oh, lass gut sein. Wenn mir das passiert wäre, hättest du das Gleiche getan. Oder etwa nicht?«

Sie sah ihm in die Augen. Michael nickte so heftig, dass es ihn schüttelte. Er spürte, wie ihm Talitha die rechte Hand auf die Schulter legte und ihm über den Rücken strich. Nie zuvor hatte ihm kalter Griesbrei so gut geschmeckt.

Eine Zeit lang genoss er den Augenblick. Endlich traute er sich, sie etwas Persönliches zu fragen.

»Talitha«, fragte er leise, »ist Mama Loeka deine Mutter?«

Talitha musste lachen. »Sieht sie denn noch so jung aus?«

»Nein, das nicht, aber trotzdem ...«

»Sie ist meine Oma«, gab sie lächelnd zu.

»Aha, dann lag ich ja doch nicht so falsch. Und dieser Mann ist dein Vater?«

Jetzt schüttete sie sich fast aus vor Lachen. »Der Typ mein Vater? Wie kommst du denn darauf?«

»So halt.«

»Nein, mein Vater ist fast so weiß wie du. Nur strömt zur Hälfte Indianerblut durch seine Adern. Übrigens war Mama Loekas Großvater ein Weißer. Aber der Rest der Familie kommt aus Afrika.«

»Dein Ururgroßvater war also ein Weißer?«

»Ja. Er war der letzte Bewohner vom Miller-Haus. Er wurde hier einige Jahre nach Abschaffung der Sklaverei geboren, irgendwann in den Sechzigerjahren des achtzehnten Jahrhunderts. Für seine Familie war das eine schwierige Zeit. Niemand wollte noch auf den Baumwollfeldern arbeiten, die es hier überall gab. Darum siedelten seine Eltern in die USA über. Nach seinem Studium reiste er viel und erforschte die Religionen von kleinen Völkern. Nachdem er jahrelang herumgereist war, beschloss er, sich hier auf der Insel niederzulassen. Das Haus stand ohnehin leer. Kurz darauf heiratete er eine schwarze Frau, die afrikanische Magie beherrschte. Das war damals gleich eine doppelte Schande. Von diesem Moment an wurde er von allen Weißen gemieden wie die Pest. Aber mein Ururgroßvater Theodor Miller störte sich daran nicht. Als er starb, hinterließ er eine Tochter. Die lernte alles, was ihre Eltern konnten, und heiratete selbst wiederum einen Houngan.«

»Einen was?«

»Einen Houngan. Das ist ein Voodoopriester aus Haiti. Auf der Insel wurde meine Oma, Mama Loeka, geboren. Damals war Haiti von den Amerikanern besetzt, die alles daransetzten, den Voodookult auszurotten. Bei einer Razzia wurde mein Urgroßvater getötet. Mama Loeka war damals noch keine zehn Jahre alt. Ihre Mutter ging nach Long Island zurück – dort kam sie ja her. Das Miller-Haus war inzwischen eine Ruine geworden, total geplündert und überwuchert. Zum Glück waren alle Bücher und Aufzeichnungen meines Großvaters sicher in der Gruft verborgen, wo niemand sie suchen würde. Jetzt wurde Mama Loeka von ihrer Mutter unterrichtet. So hat sie den Umgang mit den magischen Kräften der Natur gelernt. Später studierte sie auch die Unterlagen, die ihr Vater hinterlassen hatte. Zwischen seinen Papieren entdeckte sie mehrere Karten mit allen Grotten der Umgebung. Auf der Suche nach alten indianischen Heiligtümern hatte ihr Großvater so viele Grotten wie möglich erforscht. Er hatte auch viele alte Indianerlegenden gesammelt. In einer davon wurde vorausgesagt, dass, wenn der rosa Delfin seiner Freiheit beraubt würde, viele schlimme Dinge geschehen würden. Dann würde das große Monster aus der Tiefe zum Vorschein kommen und alles verwüsten.«

Michael sah auf. Gestern hatte er in dem Lexikon etwas Ähnliches gelesen. Nur das Letzte, über das Monster, hatte nicht dabeigestanden.

»Glaubst du daran?«, fragte er schließlich.

»Mama Loeka glaubt auf jeden Fall daran. Sie ist fest davon überzeugt, dass Voraussagen in Erfüllung gehen.«

»Hast du eine Ahnung, warum der rosa Delfin hier auf der Insel gelandet ist?«

»Er war schon immer hier.«

»Bist du dir da sicher?«

»Hm ... nein.«

»Wann hast du ihn zum ersten Mal gesehen?«

»Ungefähr vor zwei Wochen. Du hast wahrscheinlich von dem Schiffbruch der *Comberbach* gehört?«

»Natürlich, das hat doch auf der Insel jedes Kind mitgekriegt.«

»Okay, aber niemand weiß, dass einer der Überlebenden hier in der Hütte ist.«

»Du meinst den Mann, der mir ...«

»Genau, Jean-Baptiste. Als wir ihn morgens früh am Strand gefunden haben, ging es ihm schlechter als dir gestern Abend.«

»Wie hat er es geschafft, unter solch schwierigen Bedingungen die Insel zu erreichen?«

»Der rosa Delfin.«

»Er hat ihm geholfen?«

»Ja, das waren die ersten Worte, die wir von ihm gehört haben. Zuerst dachten wir, der Mann fantasiert. Aber einige Stunden später ist der Delfin hier in dem blauen Loch am Fuß des Hügels aufgetaucht. Von dem Moment an hat er einen Narren an mir gefressen und ich konnte fast alles mit ihm machen.«

»Woher wusstest du denn, wie du mit ihm umgehen musst?«

»Als Kind habe ich von Mama Loeka sehr viel gelernt. Sie hat mir beigebracht, wie ich mit Tieren in Kontakt kommen kann. Und wie ich sie dazu bringe, Dinge zu tun, die man nicht für möglich halten würde.«

»Jetzt verstehe ich!«, rief Michael. »Du warst es also, die am Montagabend den Delfin gewarnt hat, als ich mit meiner Lampe am Ufer des blauen Lochs stand.«

»Genau, und wenn ich damals gewusst hätte, dass du das gewesen bist, hätten wir sehr viele Probleme gar nicht erst gehabt.«

»Und als ich mit der Zicke in die Grotte voller Fledermäuse kam, wusstest du auch nicht, wer ich bin?«

»Doch, da habe ich dich erkannt. Aber diese Yael war kurz davor, den rosa Delfin zu entdecken. Und da musste ich ...«

»Die Tiere auf uns hetzen.«

»Genau.«

»Und die Apfelsinen?«, fragte Michael jetzt leise. »Kamen die auch von dir?«

Talitha nickte und rückte näher an Michael heran.

»Zweifelst du etwa noch daran?«, flüsterte sie ihm ins Ohr. Sie drückte Michael an sich und er verstand endlich die Bedeutung der Orangen und des dazugehörigen Zettels.

In diesem Augenblick öffnete sich die Hüttentür und Jean-Baptiste, der Schiffbrüchige, trat zusammen mit Mama Loeka ins Freie. Er sah überrascht auf, als er sah, in welch guter Verfassung Michael war.

»Du hast dich ja schnell von deinem Abenteuer erholt«, sagte er in gebrochenem Englisch mit französischem Akzent.

»Aber Sie haben den Schiffbruch auch gut überstanden«, antwortete Michael. »Darf ich Sie dazu etwas fragen?«

»Nur zu.«

»Haben Sie im Moment des Schiffbruchs zufällig ein Wasserflugzeug gesehen?«

Bei dieser Frage klappte Jean-Baptiste die Kinnlade herunter, und er brauchte eine Weile, bis er wieder etwas sagen konnte.

»Ich dachte, ich wäre der Einzige, der davon weiß«, sagte er schließlich.

Michael schüttelte den Kopf und bat Jean-Baptiste, ihm alles zu erzählen, was er gesehen hatte.

Einige Minuten später war für Michael das Rätsel des rosa Delfins gelöst. Auch wusste er jetzt, wo er Derby und den rosa Delfin wiederfinden würde. Begeistert erzählte er es den anderen drei und Talitha flog ihm um den Hals. Jean-Baptiste war sofort bereit mitzuarbeiten, aber Mama Loeka dämpfte die Feststimmung.

»Delfinenkind«, sprach sie, »es ist besser, dort nicht hinzufahren. Du bist frei, es zu tun, ich halte dich nicht auf. Aber wenn du es tust, wirst du dich mehr als je zuvor vor dem großen Monster in Acht nehmen müssen. Die alte indianische Prophezeiung wird in Erfüllung gehen. Das Monster aus der Tiefe wird unerbittlich zuschlagen. Und bei Neumond wird es Tod und Verderben geben.«

# VIERZEHN

*Donnerstag, 30. März*

Das *Marinarium* von Santa Donna in der Nähe von Los Angeles war noch beeindruckender, als Michael es sich vorgestellt hatte. Vor ihm lag ein riesiger Komplex aus Glas, Stahl und Beton. Ein Teil des Gebäudes befand sich an Land, der Rest im Meer und beheimatete das größte Aquarium der Welt. Riesige Becken aus Plexiglas, in denen die gefährlichsten Wassertiere der Erde herumschwammen, lange, durchsichtige Tunnel, durch welche die Zuschauer unter den Tieren hindurchlaufen konnten, künstliche Korallenriffe, in denen die Besucher mit Schnorchelausrüstung selbst tauchen konnten, um kleinere tropische Wassertiere aus der Nähe zu betrachten. An der dem Meer zugewandten Seite, durch hohe stabile Netze abgeschlossen, war eine Lagune, in der die größten Wassertiere lebten. Drei mächtige Pfeiler reichten bis in zehn Meter Tiefe auf den Meeresgrund. Unten auf dem Boden befanden sich gläserne Rundbauten, in denen Hunderte von Menschen gleichzeitig jede Bewegung der riesigen Tiere verfolgen konnten.



Das und noch viel mehr stand, mit vielen Superlativen und prächtigen Farbfotos gespickt, in einer Broschüre, die Michael am Busbahnhof von Los Angeles ergattert hatte. Der Text *Besuchen Sie das* Marinarium, *eine einzigartige Sammlung von Monstern aus den Tiefen der Meere* war ihm sofort ins Auge gesprungen.

Jetzt, wo er vor dem gigantischen Komplex stand, erschien ihm das Ganze dunkel und bedrohlich. Was für ein Unterschied zu der liebenswerten Wirklichkeit, die er von seiner Insel gewöhnt war.

Vor knapp einer Woche war er zusammen mit Talitha in Long Island aufgebrochen, an Bord des haitianischen Schiffes, das Jean-Baptiste abholte. Mit den geringen finanziellen Mitteln, die sie zur Verfügung hatten, war es die einzige Möglichkeit, in absehbarer Zeit wegzukommen. Mama Loeka hatte Talitha nur sehr widerwillig gehen lassen. Michael hatte bis dahin immer noch nichts von seiner Mutter gehört. Er hatte einen Brief für sie zurückgelassen, in dem er versucht hatte, alles so gut wie möglich zu erklären.

Der kleine Frachter schaffte die Überfahrt nach New Orleans in drei Tagen. Wie erwartet gab es bei der Einreise in die USA keine Probleme. Beide, Michael und Talitha, hatten einen amerikanischen Pass. Die Strecke von Louisiana nach Kalifornien legten sie mit einem preisgünstigen Greyhound-Bus zurück. Sie waren fast zwei Tage ohne Unterbrechung unterwegs und daher sehr müde.

Jetzt standen sie endlich am Eingang des *Marinariums*. Hier hofften sie, Derby und den rosa Delfin wiederzufinden. Wie sie die beiden befreien sollten, wusste

Michael noch nicht. Das Einzige, was ihm die ganze Zeit durch den Kopf ging, war die Warnung von Mama Loeka und die Erkenntnis, dass schon am nächsten Tag Neumond sein würde. Der Mond des Todes, wie die alte Frau ihn genannt hatte.

Michael ging zu einem der vielen Schalter, um zwei Eintrittskarten zu kaufen. Aber als sie hineingehen wollten, wurde ihnen der Zugang verweigert. »Zwei Stunden vor Schließung darf niemand mehr hinein«, sagte der Mann in Uniform.

»Aber wir sind ganz bestimmt rechtzeitig wieder draußen«, protestierte Michael.

»In zwei Stunden könnt ihr unmöglich alles sehen. Kommt lieber morgen wieder.«

Michael wurde wütend und achtete daher nicht auf die Videokamera, die schräg über ihnen hing. Auf einmal knarzte eine Stimme aus dem Walkie-Talkie, das der Mann am Gürtel trug.

»Teddy, lass sie rein, wenn sie unbedingt wollen. Aber schließ die Tür hinter ihnen.«

»Und der Chef?«

»Ich erkläre es ihm.«

Talitha und Michael sahen sich an. Sie verstanden nicht genau, was vor sich ging, waren aber froh, dass sie noch in letzter Minute hinein konnten.

Die große Eingangshalle hatte die Form einer gigantischen gläsernen Pyramide. In der Mitte hing das lebensgroße Modell eines weißen Tintenfisches. Offensichtlich war das Tier zu groß, um hier lebendig herumzuschwimmen.

Von der Halle führte eine Rolltreppe in die tiefer gelegenen Geschosse. Dort ging sie nahtlos in ein Rollband über. Ohne einen Schritt gehen zu müssen, rollten Talitha und Michael langsam in einen gläsernen Tunnel hinein, mitten durch das größte Aquarium der Welt. Über und neben sich sahen sie verschiedene Haiarten herumschwimmen. Michael erkannte auf Anhieb einen Hammerhai und einen Grauhai. Auch Stachelrochen und Sägefische bewegten sich anmutig durch das Wasser. Einige gefährlich aussehende Wasserschildkröten drehten ihre Runden und schwammen regelmäßig an die Oberfläche, um Luft zu schnappen.

Als sie die Hälfte des Tunnels hinter sich hatten, musste Michael doch schlucken. Wie viele Tausend Liter Wasser drückten wohl auf diesen gläsernen Schlauch? Was würde geschehen, wenn eine der Nähte platzte? Wie lange würde es dauern, bis das ganze Aquarium wie ein Kartenhaus zusammenstürzen würde? Er durfte gar nicht daran denken.

Direkt vor dem Ende des Tunnels sah er, wie aus dem Nichts ein großer Tigerhai zum Vorschein kam. Das Tier schoss direkt auf die gläserne Wand zu, an der Michael vorbeikam. Gut einen Meter von ihm entfernt drehte der Hai plötzlich ab und schwamm in eine andere Richtung davon. Michael seufzte erleichtert auf. Er hatte einen ziemlichen Schrecken bekommen. Einer solchen Bestie wollte er auf seinen Tauchausflügen lieber nicht begegnen.



Gerade noch rechtzeitig hielt Talitha ihn fest. Sonst wäre er an der Stelle gestolpert, an der das Rollband endete und im Boden verschwand. Vor ihnen stand ein gläserner Turm in Form einer riesigen, aufrecht stehenden Spindelschnecke. Der Weg drehte sich nach oben und sie landeten in einem dunklen runden Saal in der Abteilung mit den wirbellosen Tieren. Rundherum waren große Aquarien in die Mauer eingelassen. Darin bewegten sich giftige Schnecken, Stechanemonen, Feuerwürmer, Nesselquallen und andere unangenehme Wasserbewohner. Ganz in der Mitte, keinen halben Meter über ihrem Kopf, hing ein riesengroßer gläserner Diamant. Er war mit Wasser gefüllt, und in ihm hauste der größte Tintenfisch, den Michael je gesehen hatte. Das Monster war sicher zwei Meter lang und drückte seine großen runden Saugnäpfe gegen die Glaswand. Die Kraft, die von ihnen ausging, ließ Michael schaudern.

Der nächste Raum war ein breiter Gang mit einer langen gläsernen Wand. Dahinter sahen Talitha und Michael ein Korallenriff mit vielen Schnorchlern. Zwischen den Schnorchlern schwammen bunte tropische Fische, von denen einige nur mit respektvollem Abstand bewundert wurden. Das waren Tiere mit giftigen Rückenflossen, die bei einer Berührung sehr schmerzhafte Verletzungen verursachen konnten. Jeder, der ins Wasser ging, musste unterschreiben, dass er es auf eigenes Risiko tat. Trotzdem bekam Michael Mitleid mit all den armen Fischen, die ununterbrochen aufgeschreckt wurden. Mitfühlend verließen sie den Ort.

Ein Stück weiter stiegen sie wieder auf eine Rolltreppe. Langsam ließen sie sich in die Tiefe führen. Dieses

Mal verschwanden sie in einem dunklen Tunnel, in dessen Mitte blaues Licht einfiel. Als sie an die Stelle kamen, sahen sie über sich eine breite gläserne Kuppel. Darum herum kreiste der größte Hai, den Michael je gesehen hatte: ein Großer Weißer Hai. Er schwamm immer wieder knapp über die Kuppel hinweg und zeigte seine vielen Reihen messerscharfer Zähne. Aber das Rollband stand nicht still. Sowohl Talitha als auch Michael drehten sich um, um noch einen letzten Blick auf das Riesentier zu erhaschen. Gerade als sie wieder in den dunklen Tunnel eintauchten, hörten sie einen lauten Knall und bemerkten kurz eine leichte Erschütterung in der Konstruktion der Kuppel. Offensichtlich war das Monster dagegengeknallt. Erneut musste Michael ein Schaudern unterdrücken. Was würde geschehen, wenn die Kuppel auf einmal nachgab?

Im nächsten Saal erwartete sie eine weitere Überraschung. Eine automatische Tür glitt auf und feuchte Hitze schlug ihnen entgegen. Das Tageslicht drang hier unerbittlich herein. Auch daran mussten sie sich erst einmal gewöhnen. Erst dann bemerkten sie das tropische Grün, das sich von einem hängenden Garten zum nächsten schlängelte. Michael war verblüfft.

»Hast du gesehen, worüber du gerade läufst?«, fragte Talitha, die als Erste wieder nach unten schaute.

Michael erschrak. Sie gingen über eine Brücke aus dickem Glas. Darunter lag ein flacher Teich, in dem es von Piranhas nur so wimmelte. Über diese gefräßigen Fische hatte er schon allerlei Geschichten gelesen. Er begann schneller zu gehen.

»Traust du der Sache nicht?«, fragte Talitha ihn lachend.

»Man kann nie wissen, ob das Glas nicht bricht.«

»Dann müsstest du ein Elefant sein. Sind dir übrigens schon die Kolosse da drüben aufgefallen?«

Ein großer Teil des Saals bestand aus flachen Becken mit Riesenkrokodilen. Sie lagen still, als würden sie schlafen. Aber Michael wusste, dass sie wie ein Pfeil auf ihr Opfer zuschießen konnten.

»Findest du es nicht komisch«, fragte er plötzlich, »dass zwischen uns und diesen Bestien keine Absperrung ist?«

»Doch, es gibt eine«, antwortete Talitha, »aber die ist unsichtbar. Das steht hier auf dem Schild.«

Tatsächlich, auf einem Schild war zu lesen, dass die Tiere durch einen elektronischen Zaun auf Abstand gehalten wurden.

»Und was, wenn der Strom plötzlich ausfällt?«, fragte Michael. »Und eines von den Viechern genau in dem Moment Hunger hat?«

»Sie werden schon ein Notstromaggregat im Haus haben.«

»Hoffen wir es.«

»Oh, da!«, rief Talitha auf einmal.

»Was ist denn?«

»Da, unser rosa Delfin!«

Talitha zeigte auf die andere Seite des Saals. Ganz hinten befand sich eine dunkle Abteilung mit einer großen Glaswand. Dahinter bewegte sich langsam ein zierliches Tier.

Sie hasteten hin und Talitha trommelte gegen das Glas. Der Delfin erkannte sie sofort und begann aufgeregt im Kreis zu schwimmen. Währenddessen erregte das Hinweisschild Michaels Aufmerksamkeit. *Süßwasserdelfin,* stand dort. Gefolgt von *Inia polypiensis,* Fundort: *Long Island (Bahamas)* und *Außerordentlich selten.*

»Und wo ist Derby?«, fragte Talitha.

»Keine Ahnung. Wir sollten lieber weitergehen. Viel Zeit, ihn zu finden, haben wir nicht mehr.«

Eine Rolltreppe brachte sie erneut nach oben. Durch eine große automatische Tür kamen sie auf eine große Außenterrasse. Sie verlief parallel zur Lagune über eine Länge von mindestens hundert Metern. Talitha und Michael gingen direkt zur Balustrade. Dort, in etwa drei Meter Tiefe, schwappte das Meerwasser. In diesem Teil der Lagune schwammen kleine Wale. Der Zugang zum Meer war durch eine hohe Absperrung aus festen Netzen versperrt. An der anderen Seite der Lagune sah Michael eine Reihe von Betonbecken.

»Da muss es sein«, rief er aufgeregt.

Unauffällig lief er zwischen den anderen Besuchern hindurch in Richtung der Becken. Und tatsächlich, in dem Becken, das am nächsten an der Balustrade lag, waren Delfine. Michael pfiff auf den Fingern und einige Köpfe drehten sich nach ihm um. Im selben Moment schoss ein Delfin meterhoch aus dem Wasser. Michael war kurz davor, Derbys Namen laut zu rufen, aber Talitha hielt ihm die Hand vor den Mund. Inzwischen kam Derby rasend schnell in seine Richtung geschwommen. Aber fünf Meter von Michael entfernt stoppte der

Delfin. Ein doppeltes Gitter lag zwischen ihnen. Michael machte Anstalten hinüberzuklettern, aber erneut wurde er von Talitha zurückgehalten.

»Sollten wir nicht die Polizei holen?«, schlug sie vor. »Wir haben die Delfine gefunden und können jetzt eine Diebstahlanzeige aufgeben.«

Michael schüttelte den Kopf. »Ich glaube nicht, dass die Polizei da was machen kann«, antwortete er bitter.

»Warum nicht?«

»Es geht schließlich um zwei wilde Tiere, und diese Leute haben garantiert eine Genehmigung, sie zu fangen. Sonst wären die Delfine hier nie angekommen. Wir können nichts beweisen.«

»Gibt es denn keine andere Möglichkeit, sie frei zu bekommen?«, fragte Talitha verzweifelt.

»Ich habe gesehen, dass das Becken, in dem der rosa Delfin ist, eine Schiebetür hat. Wahrscheinlich steht es in Verbindung mit diesen Becken. Und auch die haben Schiebetüren, die den Zugang zur Lagune öffnen …«

»Dann liegt die Lösung auf der Hand«, unterbrach Talitha ihn begeistert. »Wir nutzen einen unbewachten Moment, um eine oder mehrere dieser Schiebetüren zu öffnen und die Tiere entwischen zu lassen.«

»Das klingt tatsächlich großartig, aber du vergisst dabei etwas.«

»Was denn?«

»Hast du schon gesehen, womit die Lagune abgesperrt ist?«

»Ja«, antwortete Talitha zögernd. »Kommen sie da nicht durch?«

»Nein, ohne entsprechendes Werkzeug kriegt man da unmöglich ein Loch rein. Die Netze sind aus geflochtenen Stahlkabeln. Und um die ganze Absperrung runterzureißen, braucht man mindestens ein Gewicht von zehn Tonnen. Nee, das können wir vergessen, es sei denn, du hast noch eine bessere Idee.«

Talithas Reaktion kam völlig unerwartet. Michaels Worte waren noch nicht ganz verhallt, als das Mädchen ihm um den Hals flog und ihre Lippen fest auf seine drückte. Michael war so erstaunt, dass er kein Wort herausbrachte. Und als er es wieder konnte, hielt sie ihm die Hand auf den Mund und drückte ihm ihren Zeigefinger gegen die Lippen. Als er verstanden hatte, dass er schweigen sollte, zeigte sie mit demselben Finger auf jemanden, der gerade vorbeigelaufen war.

Sofort erkannte Michael Yael.

»Sorry«, flüsterte Talitha leise. »Das war die einzige Möglichkeit, sicherzustellen, dass sie uns nicht erkennt.«

»Es hat funktioniert. Sie hat uns nicht gesehen.«

»Fandest du es nicht auch ein bisschen schön?«

»Doch«, sagte Michael lächelnd, »aber jetzt will ich wissen, wo die Zicke hingeht.«

Talitha und Michael folgten ihr. Yael war sich dessen offensichtlich nicht bewusst, denn sie lief zügig weiter. Vor einer Tür, über der *Zutritt für Unbefugte verboten* stand, blieb sie stehen. Sie zog eine Magnetkarte aus ihrer Brusttasche und steckte sie in einen Schlitz. Die Tür sprang auf und Yael verschwand in dem dahinterliegenden Raum. Langsam glitt die Tür wieder zu.

Michael reagierte gerade noch rechtzeitig. Er rannte los und stellte im letzten Moment seinen Fuß in die Tür. Er wartete einen Moment. Dann schob er die Tür vorsichtig auf, bis der Spalt groß genug war, um hindurchzuschauen. Es war niemand mehr zu sehen. Ganz behutsam vergrößerte er die Öffnung noch ein bisschen, sodass er und Talitha hindurchschlüpfen konnten. Sie waren sozusagen hinter den Kulissen des riesigen Komplexes gelandet. Von hier aus konnte alles bedient und die Tiere versorgt werden. Vielleicht fanden sie jetzt einen Weg, die beiden Delfine zu befreien.

Es sah sicher aus, und ohne nachzudenken gab Michael Talitha ein Zeichen, die Tür zu schließen. Michael drehte sich um und stellte fest, dass die Tür von innen nicht zu öffnen war. Sie saßen fest.

In der Kontrollstelle nicht weit von ihnen entfernt wurde jemand auf einmal sehr nervös. Fast anderthalb Stunden lang hatte er die beiden Kinder mithilfe der vielen Kameras leicht verfolgen können. Jetzt ließ er zum dritten Mal alle Winkel des Komplexes auf einem der sechs Monitore im doppelten Tempo vorbeiflitzen. Aber es war sinnlos. Wo waren die beiden geblieben? Sie konnten doch nicht einfach so verschwinden? Der Mann unterdrückte einen Fluch. Eigentlich hätte er schon viel früher eingreifen müssen, aber da er einen guten Moment abpassen wollte, hatte er jetzt einfach zu lange gewartet. Dieser Fehler konnte ihn in eine ausgesprochen üble Lage bringen. Er musste die beiden wiederfinden, koste es, was es wolle.

# FÜNFZEHN

*Freitag, 31. März*

Michael spürte, wie ihn das warme Wasser umfing. Samtweiche Wellen hoben ihn hoch, er brauchte sich nicht einmal zu rühren. Die ganze Umgebung nahm ihn mit in unbekannte Höhen. Funkelndes Licht spiegelte sich in allen Richtungen wider und ein Glücksgefühl durchströmte ihn. Ein Gefühl der Vollkommenheit. Ein Gefühl, das nie enden durfte …

»Delfinenkind!«, klang es durch den hohlen Raum. »Delfinenkind, steh auf. Ich werde dich führen, denn die Zeit drängt. Jeder Moment ist jetzt kostbar. Furchtbare Kräfte werden losbrechen. Delfinenkind, du musst sie alle befreien. Wir werden dir den Weg zeigen und du wirst Hilfe bekommen. Delfinenkind, steh auf.«

Langsam spürte Michael wieder den harten Untergrund unter sich und dann den warmen Körper, der neben ihm lag. Noch immer hörte er die Stimme, die ihn leiten würde. Nein, er hatte nicht geträumt. Er musste aufbrechen. Und es würde Hilfe kommen.

Er öffnete die Augen. Es war dunkel in der Ecke, in der sie sich am Abend zuvor versteckt hatten. Hastig weckte er Talitha.

»Hm, wie schön«, waren die ersten Worte, die sie sprach. Und gleich darauf: »Komm, lass uns gehen.« Sie hatte offensichtlich genau das Gleiche gefühlt und gehört wie Michael.

»Ja, ich habe die Stimme auch gehört«, sagte sie. »Mach schnell die Tür auf.«

Vorsichtig drückte Michael dagegen. Das Licht in dem Versorgungsgang, den sie gestern mehrfach durchquert hatten, war noch schummerig. Die Digitaluhr zeigte kurz vor vier an. Unheilvolle Stille erfüllte das *Marinarium*.

Michael nahm Talitha an der Hand und gemeinsam liefen sie so schnell wie möglich durch das Wirrwarr der Gänge. An keiner der Abzweigungen zweifelten sie. Sie wussten einfach, in welche Richtung sie gehen mussten.

Auf einmal riss sich Talitha los.

»He, was ist?«, fragte Michael mit gedämpfter Stimme.

»Da!« Sie zeigte auf eine Garderobe, an der eine Uniformjacke hing.

»Was hast du damit vor?«

»Warte.« Sie begann die Brusttaschen zu durchsuchen. Stolz zog sie eine Magnetkarte heraus.

»Woher wusstest du das?«

»Einfach so, ich hatte es im Gefühl«, antwortete sie trocken.

Sie setzten ihren Weg fort und erreichten das Ende des Ganges. Dort war eine Tür. Jetzt würden sie sehen, was die Karte wert war.

Vorsichtig schob Talitha sie in den Schlitz. Das Schloss klackte und die Tür öffnete sich. Wie sie gehofft hatten, standen sie nun im Freien, in einem großen Amphitheater. Hier fanden tagsüber Shows mit Delfinen und Walen statt, aber jetzt war der Raum in gedämpftes Nachtlicht gehüllt. Sie liefen auf die andere Seite der großen Tribüne, wo der Ausgang für das Publikum zu sein schien.

In diesem Moment sprang im zentralen Kontrollraum jemand aufgeregt von seinem Stuhl auf. Direkt vor ihm auf dem Bildschirm sah er, wie die beiden Jugendlichen durch das Amphitheater rannten. Endlich hatte er sie wiedergefunden. Er verließ den Kontrollraum und lief zum Delfinarium.

Währenddessen hatten Talitha und Michael einen der Ausgänge des Komplexes erreicht. Zum zweiten Mal versuchte Talitha, mit der Karte eine Tür zu öffnen. Es funktionierte und kurz darauf atmeten sie erleichtert auf. Sie waren jetzt draußen, seitlich vom Komplex. Hektisch blickten sie sich um. Direkt vor ihnen führte ein kleiner Weg zum Strand. Dort war es stockdunkel. Mit Mondlicht brauchten sie heute Nacht ganz sicher nicht zu rechnen. Trotzdem rannten sie so schnell es ging zum Meer. Sie wurden von der Dunkelheit verschluckt.

Fünf Minuten später wurde die gesamte Umgebung ergebnislos nach ihnen abgesucht.



Zu dieser frühen Stunde war es noch still auf den breiten Straßen rund um Los Angeles. Ein einsamer Jeep fuhr von einer Ampel zur nächsten. Am Steuer saß Dick. Er war heute Morgen um halb vier aufgestanden. Das Auto mit dem Bootsanhänger hatte er schon am Abend zuvor fertig gemacht, und gerade, als er ins Bett gehen wollte, hatte ihn Chester angerufen. Er hatte etwas zu tief ins Glas geguckt und keine Lust mehr, mitzukommen. Fluchend hatte Dick aufgelegt. Dann fuhr er eben alleine. Erst jetzt, auf dem Weg zum Strand, kam ihm der Gedanke, dass es ohne Chester keine einfache Aufgabe werden würde.

An der ersten Kreuzung bog er rechts ab. Dieser Weg führte direkt zum Meer. Er verlangsamte das Tempo und fuhr zu einer Tankstelle. Zur Sicherheit wollte er noch einen zusätzlichen Kanister mit Benzin füllen.

Als er den Motor ausmachte und ausstieg, sah er keine Menschenseele. Er nahm seine Tankkarte und hörte in diesem Moment auf einmal ein seltsames Fiepen. Sein Blick ging zur anderen Seite der Straße. Dort herrschte ein entsetzliches Gewimmel. Dick riss die Augen auf. Er konnte es nicht fassen. Im spärlichen Licht der Reklametafeln kamen ganze Horden von Ratten aus der Kanalisation gekrochen. Als wäre ihnen der Teufel auf den Fersen, rannten sie allesamt die Straße entlang. Minutenlang starrte Dick sprachlos das Schauspiel an. So etwas hatte er noch nie erlebt.

»Hast du das auch gespürt?« In Talithas Stimme klang Angst. Sie waren zusammen ein ganzes Stück am Strand entlanggelaufen und kletterten jetzt über eine Felsgruppe.

»Was soll ich spüren?«, fragte Michael verwundert.

»Dieses Zittern.«

»Wo?«

»In der Erde.«

»In der Erde?«

»Ja, und es kommt aus der Tiefe. Ein Zittern wie vor verhaltener Wut, vor angespannter Energie. Michael, hier werden schreckliche Dinge geschehen. Hör doch!«

In der Ferne heulte ein Hund. Ein lang gestrecktes Jammern, das von anderen Tieren aufgenommen wurde. Nicht viel später schwoll es zu einem großen Konzert an.

»Was war das?«, fragte Michael erschrocken. »Du hast recht. Es ist etwas Bedrohliches in der Luft.«

»Nicht in der Luft, Michael. Es ist in der Erde, tief, sehr tief. Komm, wir müssen weiter.«

Sie kletterten über die Felsen nach unten und liefen am Strand weiter. Kurz darauf stoppten sie. Hier war es.

Michael setzte sich in den Sand und zog seine Schuhe aus. Tief in ihm wuchs der Drang, ins Meer zu gehen. Eine vernünftige Erklärung dafür hatte er nicht, denn lange würde er es in dem kalten Wasser nicht aushalten. Talitha tat das Gleiche. Als ob sie einem unhörbaren Befehl gehorchen würden.

Als sie sich wieder aufrichteten, erklang in der Ferne ein lautes Brummen. Zwei Frontlichter durchbrachen die Dunkelheit und kamen direkt auf sie zu. Beide hielten sich die Hände über die Augen, um nicht geblendet zu werden. Einige Meter vom Wasser entfernt kam das

Fahrzeug zum Stehen und ein junger Mann von Ende zwanzig stieg aus.

»Hallo, mein Name ist Dick«, rief er. »Tut mir leid, dass ich störe, aber wenn ihr mir helft, das Boot ins Meer zu schieben, dann dürft ihr mit.«

»Wohin?«, fragte Michael.

»Zu den Walen natürlich.«

Die Sterne im Osten erloschen nach und nach. Das große, stabile Schlauchboot, das mit zwei kräftigen Motoren von je 125 PS ausgerüstet war, lag gut einen Kilometer von der Küste entfernt vor Anker.

»Wenn wir ein bisschen Glück haben«, sagte Dick, »dann können wir bei Sonnenaufgang die Wale sehen. Zu dieser Jahreszeit kommen hier Tausende vorbei und ziehen in Richtung Norden. Das ist wirklich die Mühe wert. Noch einen Kaffee?«

Talitha und Michael nickten. Aber sie waren mit ihren Gedanken woanders. Die Geschichte von den Ratten hatte tiefen Eindruck bei ihnen hinterlassen. Es gab immer mehr Anzeichen dafür, dass heute ein besonderer Tag werden würde. Erst dieser Traum und die Stimme, dann das Zittern und das Jammern unzähliger Tiere, dann die zufällige Begegnung mit Dick, der sie zu den Walen brachte. Und schließlich die Geschichte von seinem seltsamen Erlebnis. Es war, als wäre alles schon lange vorherbestimmt gewesen. Leider wussten sie nicht, was sie erwarten würde, etwas Erfreuliches oder etwas Grauenhaftes. Oder vielleicht beides. Sie konnten nur auf ihr Gefühl hoffen und vertrauen, dass die versprochene Hilfe nicht mehr lange auf sich warten lassen würde.

In diesem Moment wurde das Boot leicht durchgeschüttelt. Ein dunkler Schatten durchbrach die glatte Wasseroberfläche und tiefes Schnauben vertrieb die drohende Stille.

»Das ist unvorstellbar!«, rief Dick, der gerade dabei gewesen war, Kaffee einzuschenken, und die Hälfte auf seiner Hose verschüttet hatte. »So etwas habe ich noch nie erlebt.«

Talitha und Michael gaben ihm ein Zeichen, still zu sein. Ihr wildes Gestikulieren war so eindrucksvoll, dass er auf der Stelle den Mund hielt. Fasziniert sah er zu.

Ganz vorsichtig bewegten sich Talitha und Michael auf die Seite des Bootes, an der die schwarze Masse lag. Dann begann Talitha, den Wal mit sanfter Stimme anzusprechen. Als Antwort begann das dunkle Monster zu grunzen.

»Oh, was bist du für ein Schatz«, rief sie dem Tier zu und streckte vorsichtig die Hand nach ihm aus.

Als ihr Zeigefinger die weiche Haut berührte, lief ein Schaudern durch den dunklen Körper, aber der Wal ließ es geschehen. Sie begann mit der ganzen Hand den großen Kopf zu streicheln, sanft und rhythmisch. Währenddessen sprach sie mit sanften Worten zu ihm. Michael folgte ihrem Beispiel und der Wal knurrte noch lauter. Schließlich öffnete das riesige Tier ein Auge. Es blinzelte im Licht der Gaslampe und Talitha und Michael spürten, dass hinter dem dunklen Auge eine ganze

Welt lag. Eine Welt, zu der sie schon einmal Zugang bekommen hatten. Eine Welt, mit der sie seit heute Nacht in Verbindung standen. Eine Welt, die sich jetzt langsam, aber sicher mit der ihren vermischte. Beide fühlten, wie das gigantische Wesen sanft in sie hineinblickte. Wie das Tier ihre tiefsten Gedanken und Gefühle ertastete. Aber auch, wie sie selbst langsam in seine Welt eindrangen und ein Teil von ihm wurden. Fetzen von Geheimnissen wurden auf unsichtbare, geräuschlose Weise ausgetauscht und es sprangen Funken von einem zum anderen. Talitha und Michael schossen hoch. Mit einem Ruck verschwand der Wal unter Wasser.

Dick begriff nicht, was sich abspielte. Er sah, wie die beiden Kinder langsam die Arme in die Luft streckten und der Wal langsam wie ein Berg aus dem Meer aufstieg. Michael und Talitha senkten die Arme und das Tier glitt wieder ins Wasser. Da streckten sie wieder die Arme aus. Jetzt kam der Wal viel schneller zum Vorschein und stieg viel höher über den Wellen auf. Beim dritten Mal flogen ihre Hände pfeilschnell nach oben und der Wal schoss mit seinem ganzen Körper aus dem Wasser. Seine riesige Masse glitzerte in dem frühen Morgenlicht und landete mit einem gigantischen Klatschen wieder im Wasser. Eine große Welle ließ das Boot schwanken, aber Dick genoss es in vollen Zügen.

Und erneut streckten Michael und Talitha die Arme aus. Jetzt sprangen mehrere Wale aus dem Wasser. Sie landeten wie Donnerschläge wieder im Wasser. Kurz war es still. Nur das Boot schaukelte und wackelte ein wenig hin und her. Da drehten sich Michael und Talitha wie zwei Roboter in Richtung Küste um. Auf einmal waren Dutzende dunkler Augen auf sie gerichtet. Sie beugten langsam die Arme, um sie dann plötzlich mit geballter Faust vor sich auszustrecken. Das war das Zeichen. Alle Wale erhoben sich gleichzeitig aus dem Wasser und schossen in voller Fahrt nach vorn. Von überall her tauchten sie auf und folgten ihrem Anführer. Es war der Beginn eines atemberaubenden Schauspiels.

Dick zögerte keine Sekunde und löste die Ankerkette. Was er hier erlebte, wollte er um nichts in der Welt verpassen. Die Motoren heulten auf, als er losfuhr, den Walen hinterher.

Talitha und Michael lehnten über dem Bug, die Arme ineinander verschränkt, ihre Seelen eins mit dem Wal. Sie blickten starr vor sich hin und hielten unermüdlich einen Arm in die Ferne gerichtet. Das Wasser spritzte hoch auf, die Motoren heulten und drehten sich auf maximaler Drehzahl. Die Morgenkälte durchfuhr ihre dünnen Kleider, aber sie starrten immer weiter unbeweglich vor sich hin. Gleich würde das Unvermeidliche geschehen …

Überall um sie herum schwammen jetzt Wale. Sie rasten mit fließenden Bewegungen vorwärts. Vorangetrieben von allen, die ihm hinterherkamen, folgte der große Wal der Küstenlinie. Das Boot kam immer dichter an ihn heran.

Das Licht der Morgendämmerung brach durch und in der Ferne zeichneten sich die hohen Absperrungen des *Marinariums* ab. Sie flogen direkt darauf zu. Dick bremste zur Sicherheit ab, aber Talitha und Michael blieben felsenfest auf ihre Aufgabe konzentriert. Jetzt musste es geschehen. Ohne auch nur das kleinste bisschen die Geschwindigkeit zu drosseln, stürmte der riesige Wal weiter. Mit voller Fahrt raste er gegen die hohen Netze. Die Stützpfähle bogen sich wie Strohhalme. Einer derartigen Naturgewalt war die Umzäunung nicht gewachsen. Auch die anderen Wale schossen in die Lagune und führten die Arbeit ihres Anführers weiter. Die Umzäunung stürzte langsam ein und für die gefangenen Tiere lag der Weg in die Freiheit offen.

Die Wale machten einen Triumphzug durch die Lagune und kehrten dann wieder ins Meer zurück, im Kielwasser alle freigelassenen Wassertiere.

Jetzt, wo die Umzäunung heruntergerissen war, war auch der Zauber gebrochen. Talitha und Michael sprangen an Bord des Bootes jubelnd auf, auch wenn ihnen klar war, dass ihre Aufgabe noch nicht vollendet war. Sie fragten Dick, ob er auf sie warten wollte. Sie wurden im Gebäude erwartet. Es würde nicht lange dauern.

Behände sprangen sie an Land. Die Sonne konnte jeden Moment aufgehen.

Auf einmal erklang ein tiefes Brummen. Michael fühlte, wie der Boden bebte. Es hielt sekundenlang an. Als das Beben plötzlich aufhörte, trat eine unwirkliche Stille ein. Dann begannen überall in der Gegend Sirenen zu heulen.

»Komm, Michael«, rief Talitha, »jetzt dürfen wir auf keinen Fall Zeit verlieren. Das Monster ist erwacht und beginnt sich zu rühren.«

Sie griff nach seiner Hand und sie liefen zusammen zu einem Personaleingang an der Seite des Gebäudes. Mit der Magnetkarte kamen sie sofort hinein. Sie durchquerten einen langen Gang und erreichten die große Eingangshalle. Der Weg zu dem rosa Delfin lag offen vor ihnen. Zum zweiten Mal würden sie durch alle Säle des *Marinariums* hindurch müssen. Allerdings jetzt unter ganz anderen Bedingungen. Denn in dem Moment, in dem sie durch die Halle rannten, begann der Boden erneut zu zittern, noch heftiger als beim ersten Mal.

Sobald es wieder still wurde, hörten Talitha und Michael verschiedene seltsame Geräusche. Es klang, als würden Saiten springen. Talitha sah hoch und hielt den Atem an. Der Pottwal, der direkt über ihnen hing, schoss los. So heftig, wie sie konnte, schob Talitha Michael zur Seite und gemeinsam fielen sie zu Boden. Mit lautem Donnern stürzte der Pottwal nach unten, keinen Meter von ihnen entfernt. Wenn Talitha auch nur eine Sekunde später reagiert hätte, wären sie zerquetscht worden.

»Verdammt!«, war Michaels Reaktion.

»Komm, wir müssen schnell weiter«, sagte Talitha und richtete sich wieder auf, »denn jeden Moment …«

Mehr konnte sie nicht sagen, denn aus der Ferne erklang auf einmal eine dunkle Männerstimme.

»He, was treibt ihr da?«

Erschrocken sahen Talitha und Michael auf. An der anderen Seite der Halle standen fünf Wachleute in Uniform. Die beiden stürzten los und rannten die Rolltreppe hinab. Sofort setzten die Wachleute zur Verfolgung an. Talitha und Michael waren die Rolltreppe noch nicht halb unten, als sie plötzlich die Richtung änderte. Jemand hatte den Schalter umgelegt, sodass die Treppe nach oben fuhr. So schnell sie konnten, rannten sie gegen die Richtung weiter. Zu ihrem Glück mussten das ihre Verfolger ebenfalls tun.

Mit Mühe erreichten sie das Rollband und waren bald keuchend in der Mitte des gläsernen Tunnels angelangt. Sie waren jetzt von Wassermassen von mindestens sechs Metern Tiefe umgeben, in denen nervös die Haie herumschwammen. Auch sie hatten das Beben gespürt. An verschiedenen Stellen waren schon kleine Lecks entstanden. Dort tröpfelte das Wasser in den Tunnel.

Dann grollte es erneut. Talitha und Michael waren schon fast am Ende des gläsernen Tunnels, als das Rollband mit einem Schlag zum Stillstand kam. Sie hörten ein höllisches Krachen. An der anderen Seite des Tunnels gaben die Wände nach und das Wasser strömte herein.

»Lauf um dein Leben«, brüllte Michael. Er drehte sich noch einmal um und sah, wie die fünf Wachleute vom Wasser mitgerissen wurden. Zum Glück hatten Talitha und er noch einen kleinen Vorsprung. Als sie die gläserne Riesenschnecke erreichten, waren sie schon nass bis zu den Knien. Während sich der Tunnel mit schäumendem Wasser und panischen Haien füllte, rannten sie nach oben. Es fiel ihnen sofort auf, dass auch hier Wasser hinabströmte. In dem runden Saal erwartete sie eine Überraschung. Der große gläserne Diamant war an mehreren Stellen geborsten und leer gelaufen. Der Riesentintenfisch war verschwunden.

»Noch einer, der die Freiheit gewählt hat!«, rief Michael.

»Hoffentlich begegnen wir ihm nicht«, antwortete Talitha trocken.

Kurz darauf gelangten sie in den langen, breiten Gang mit dem künstlichen Korallenriff. Auch hier trat das Wasser schon an vielen Stellen durch, aber sie achteten kaum darauf. Sie liefen auf den gefährlichsten Durchgang zu, der noch auf ihrem Weg lag: den dunklen Tunnel unter dem Aquarium des Weißen Hais.

Dick sah auf die Uhr. Die beiden waren jetzt schon fast zehn Minuten im *Marinarium* und währenddessen hatte die Erde schon mehrere Male gebebt. Jedes Mal sah er, wie sich das riesige Gebäude bewegte. Hier und da war schon etwas eingestürzt und gerade eben war auch die Notbeleuchtung ausgefallen. Dick begann, sich ernsthaft Sorgen zu machen. Im Gebäude wurde es von Minute zu Minute gefährlicher. Vielleicht war es besser, er ging jetzt sofort auf die Suche nach ihnen.

Als er in die Lagune einfuhr, wurde nach ihm gerufen. Auf der Terrasse erschien ein Mann in Uniform.

»Was machen Sie hier mit dem Boot? Wissen Sie nicht, dass das Privatgelände ist?«

»Ich warte hier auf zwei Teenager«, antwortete Dick.

»Doch nicht auf einen blonden Jungen und ein dunkelhäutiges Mädchen?«

»Doch. Kennen Sie sie etwa?«



»Und ob«, antwortete der Mann. »Ich suche schon die ganze Zeit nach ihnen.«

»Ach so«, sagte Dick, »sie haben gesagt, dass jemand auf sie wartet. Aber sie sind jetzt schon sehr lange weg.«

»Dann ist es vielleicht besser, dass Sie hierbleiben und warten, während ich weitersuche.«

»Prima«, antwortete Dick.

»Und wenn sie währenddessen zurückkommen, dann geben Sie bitte ein Zeichen mit Ihrem Horn und quatschen Sie die beiden eine Weile fest. Ich bin dann gleich da. Einverstanden?«

»Okay, ich hoffe, dass Sie sie so schnell wie möglich finden.«

»Ich auch. Auf jeden Fall vielen Dank für Ihre Hilfe.«

Der Mann in Uniform verschwand.

Dick zuckte mit den Schultern. Er begriff nicht, was vor sich ging. Heute hatte er schon so viele unglaubliche Dinge erlebt, dass er einfach nicht mehr mitkam.

Talitha und Michael rasten die Rolltreppe hinunter. Sie stand still. Sie hatten noch nicht mal die Hälfte der Treppe hinter sich, als sie sahen, dass in dem dunklen Tunnel schon mehr als ein Meter Wasser stand. Aber was sie am meisten beunruhigte, war ein lautes Klopfen. Sie hatten es schon gehört, bevor sie auf der Rolltreppe gewesen waren. Es klopfte unentwegt rhythmisch weiter.

Ohne lange nachzudenken, stiegen sie ins Wasser und wateten hindurch. Durch den großen Widerstand kamen sie nur langsam vorwärts. Ein Stück weiter erhaschten sie den ersten Blick auf den Großen Weißen

Hai. Das Monster war offensichtlich rasend geworden und stieß pausenlos seinen Kopf gegen die Glaskuppel. Noch ein paar Meter und sie mussten unter ihm hindurch.

»Ich hoffe, die Konstruktion hält noch ein bisschen«, rief Michael.

So schnell sie konnten, versuchten sie jetzt gegen die Strömung vorwärtszukommen. Endlich erreichten sie die Kuppel. Sie wateten hastig weiter, aber direkt unter der Kuppel fiel Talitha auf einmal vornüber ins Wasser. Als ob ihr jemand ein Bein gestellt hätte.

»Michael«, schrie sie. »Ich hänge fest! Hilf mir!«

Michael schoss auf sie zu und fühlte, dass etwas Schwabbeliges an ihrem Knöchel hing. Er erkannte, dass es ein Arm des Tintenfisches sein musste, und die Angst schnürte ihm die Kehle zu. Im selben Moment wanden sich zwei weitere Arme des Tintenfischs aus dem Wasser. Mit ganzer Kraft versuchte Michael, Talitha loszureißen. Aber es gelang ihm nicht. Denn gleichzeitig versuchte der Tintenfisch, ihn zu fassen zu kriegen. Über ihren Köpfen klopfte der Weiße Hai immer heftiger gegen das Glas.

Zum vierten Mal bebte der Untergrund. Wie durch ein Wunder ließ der Tintenfisch sein Opfer los. Talitha und Michael konnten wegspringen, hörten aber über sich auf einmal ein unheilvolles Knacken. Ein Teil der Kuppel hatte nachgegeben und das Wasser floss jetzt durch die Öffnung. Plötzlich kam das drohende Maul des Hais zum Vorschein. Talitha und Michael sahen gerade noch Reihen voll messerscharfer Zähne aufblitzen. Dann rasten sie davon wie zwei Raketen. Zum Glück war die Öffnung noch zu klein, sodass sich das Tier wieder zurückziehen musste. Ein großer Wasserfall ergoss sich an der Stelle und schneller als zuvor begann sich der dunkle Tunnel mit Wasser zu füllen.

Dick begann erneut, sich Sorgen zu machen. Es waren inzwischen zwanzig Minuten vergangen, seit die beiden ihn verlassen hatten. Ob der Mann von vorhin sie noch nicht gefunden hatte?

Mittlerweile hatte er schon die verschiedensten Tiere in Richtung Meer davonschwimmen sehen. Erst einige Haie und eine Wasserschildkröte, dann zwei Wale und schließlich eine ganze Delfinfamilie. Was ging hier eigentlich vor? Und warum gab es immer wieder neue Beben? Stand ihnen das Schlimmste vielleicht erst noch bevor?

Vom ganzen Komplex war die Abteilung mit den Süßwassertieren noch am wenigsten betroffen. Talitha und Michael hatten gerade den Raum mit den hängenden Gärten erreicht. Überall lagen Scherben herum. In dem dicken Glas über den Piranhas klaffte schon ein großer Sprung. Aber das konnte sie nicht aufhalten. Erst als sie die Krokodile herumkriechen sahen, schlug ihnen das Herz bis zum Hals. Drei der großen Reptilien versperrten den Durchgang zu dem Aquarium, in dem der rosa Delfin war. Offensichtlich war der Strom ausgefallen und die Monster hatten den Weg in die Freiheit gefunden.

Talitha und Michael war klar, dass sie zwischen zwei Feuer geraten waren. Vor ihnen waren die Bestien, die sie jeden Moment bemerken konnten, und hinter ihnen eine tödliche Wassermasse. Wasser, das immer weiter anstieg und angefüllt war mit aufgepeitschten Raubtieren, die verzweifelt den Weg ins Freie suchten. Es würde nicht lange dauern, bis das Wasser auch diesen Teil des Gebäudes erreicht hatte.

Gerade noch rechtzeitig fanden sie einen Ausweg. Talitha bemerkte auf einmal eine getarnte Feuerleiter an der Wand.

»Komm schnell, hier können wir hoch«, rief sie.

Ein neugieriges Meereskrokodil wankte schon auf sie zu. Sie kletterten hoch und entwischten mit knapper Not seinem hungrigen Maul. Einige Meter höher war eine Luke, die sie aufdrücken konnten. Sie krochen hindurch und gelangten in die höher gelegenen Versorgungsgänge. Michael erkannte die Umgebung wieder. Von hier aus kamen sie leicht zum Aquarium des rosa Delfins.

Talitha erreichte das Aquarium als Erste. Dort erwartete sie eine riesige Enttäuschung: Der rosa Delfin war nicht mehr da. Offensichtlich hatte ihn jemand anders bereits herausgeholt. Bestürzt sahen sich die beiden an. Wer war vor ihnen hier gewesen?

Lange konnten sie nicht darüber nachgrübeln. In der Ferne hörten sie auf einmal Stimmen und am Ende des Gangs tauchten vier Personen auf. Ihnen voran lief Buck, der Hubschrauberpilot. Er bemerkte sie und rannte auf sie zu, dicht gefolgt von Yael und zwei Wachleuten. Michael und Talitha hatten keine Wahl. Dies war nicht der Moment, sich fangen zu lassen. Sie mussten verschwinden, so schnell es ging.

Sie versuchten, sich im Wirrwarr der Gänge so gut wie möglich zu orientieren. Aber sie kannten das Gebäude schlechter als ihre Verfolger und ihr Vorsprung wurde zusehends kleiner. Schließlich erreichten sie eine Tür, die glücklicherweise einen Spalt offen stand, und sie hasteten in den großen Saal des Korallenriffs. Von hier aus hatten sie einen guten Überblick über den gesamten Komplex. Alle tiefer gelegenen Teile standen bereits unter Wasser und überall schwammen große Wassertiere auf der Suche nach einem Weg nach draußen ängstlich herum. Vor Talitha und Michael erstreckte sich eine lange gläserne Brücke, die das künstliche Korallenriff überspannte und zur Außenterrasse führte. Über diese Brücke mussten sie.

In dem Moment, in dem sie losliefen, erreichten ihre Verfolger den Saal. Ihr Vorsprung war jetzt sehr klein geworden. Yael überholte die drei anderen unerwartet und rannte auf die Brücke. Sie hatte die Mitte noch nicht erreicht, als das gesamte Gebäude erneut zu schwanken begann. Dutzende von Gegenständen donnerten zu Boden. Talitha und Michael, die ebenfalls noch auf der Brücke waren, sahen, wie das dicke Plexiglas unter ihren Füßen zu bersten begann. Es konnte jeden Moment in Millionen Einzelteile zersplittern. Die drei Männer kehrten eilig um, aber Yael lief entschlossen weiter. Gerade als Michael als Erster die andere Seite erreichte, erklang ein teuflisches Krachen, und die Brücke stürzte ein. Talitha und Yael landeten im Wasser. Hastig lief Michael ans Ufer und zog Talitha ins Trockene. Zehn Meter weiter kam Yael prustend an die Oberfläche. Sie sah Michael herausfordernd an, als ob ihr all das überhaupt nichts ausmachte. In diesem Moment standen Michael auf einmal die Haare zu Berge. Er zeigte in die Ferne und schrie so laut er konnte.

»Daaaaa!«

Yael drehte sich um und zum ersten Mal hörte Michael sie schreien. Es war der eisige Schrei von jemandem, der Todesangst hat.

An der anderen Seite des Korallenriffs drehte sich eine riesige dreieckige Rückenflosse in ihre Richtung. Der Große Weiße Hai, der nun freigekommen war, hatte sie gesehen. Sein Urinstinkt erwachte und nichts würde ihn jetzt noch aufhalten. Das große Maul öffnete sich und immer schneller bewegte sich das furchterregende Tier in ihre Richtung. Yael hastete ans Ufer. Aber ein Weißer Hai lässt seine Beute nicht so leicht entkommen. Rasend schnell kam er näher. Michael wurde klar, dass Yael es nicht mehr schaffen würde. Er schlug die Hände vor die Augen und fürchtete das Allerschlimmste. Einige Meter von Yael entfernt öffnete sich das riesige Maul erneut. Da krachte auf einmal ein grauer Schimmer heftig gegen die Kiemenspalte des Untiers. Der Hai drehte seinen mächtigen Kopf zur Seite und stieß mit seinem Körper gegen Yael. Wütend holte er nach seinem Angreifer aus, der gerade noch rechtzeitig aus dem Wasser sprang und so den scharfen Zähnen des Monsters entkam. Michael hatte Derby sofort erkannt. Wie hatte das schlaue Tier es geschafft hierherzukommen? Zeit, darüber nachzudenken, hatte er nicht. Der Weiße Hai schlug wild mit seinem Schwanz und schwamm dem Delfin nach. Direkt unter sich hörte Michael Yael laut um Hilfe schreien. Sie hatte das Ufer erreicht, aber ein anderer großer Hai schwamm bereits auf sie zu. Im letzten Moment zog Michael sie ans Ufer. Dort brach sie mit den Händen vor dem Gesicht in hysterisches Weinen aus. Sogar für sie war das alles zu viel gewesen. Nur mit Mühe konnte sich Michael vorstellen, dass dieses Häufchen Elend wirklich Yael war. All seine Rachegefühle schmolzen wie Schnee in der Sonne und machten Platz für tiefes Mitgefühl.

Er fragte sich, wie er sie trösten konnte, aber Talitha rief nach ihm.

»Michael, wir müssen weg.«

»Und sie?«

»Um die kümmern sich schon die anderen. Die sind gleich hier. Sieh doch!«

Talitha hatte recht. Die drei Verfolger hatten einen anderen Weg gefunden und waren im Anmarsch. »Okay, du hast recht!«

Michael nahm Talithas Hand, warf noch einen letzten Blick auf Yael und rannte los.

Kurz darauf erreichten sie die große Außenterrasse. Sie liefen zur Balustrade und sahen zu ihrer großen Freude den rosa Delfin in der Lagune herumschwimmen. Wie er sich befreit hatte, konnten sie nur raten. Der gutmütige Kerl schwamm herum, als ob er seine frisch erworbene Freiheit gar nicht genug genießen konnte.

Um die Freude komplett zu machen, kam auf einmal noch ein zweiter Delfin zum Vorschein. Derby!

In einiger Entfernung sahen Talitha und Michael Dicks Boot. Sie winkten und schrien, so laut sie konnten, und hörten dann den Motor anspringen. Nichts konnte sie jetzt noch aufhalten. Sie waren gerade dabei, über die Balustrade zu klettern, als ihnen plötzlich etwas zugerufen wurde.

»Keinen Schritt weiter oder ich schieße!«

An der Tür zur Terrasse, keine zwanzig Meter von ihnen entfernt, standen Goldberg und Professor Polype. Goldberg hatte eine Schusswaffe auf sie gerichtet. Michael konnte sich nicht vorstellen, dass er zu so etwas in der Lage war, und kletterte einfach weiter. Da ertönte ein lauter Knall und eine Kugel bohrte sich in den gepflasterten Boden zu seinen Füßen. Die wegstiebenden Scherben zerkratzten ihm die Beine. Ein weiterer Schuss durchbrach die Stille und ein Schwall wüster Flüche erscholl. Michael drehte sich um und sah, dass Professor Polype sich auf Mister Goldberg geworfen hatte. Ein heftiger Kampf folgte. Offensichtlich war es dem Professor zu weit gegangen. Talitha zog Michael am Arm. Er zweifelte noch kurz, ob er sich zwischen die beiden werfen oder weiterflüchten sollte. Aber unter seinen Füßen begann der Grund erneut zu zittern und dieses Mal wurde es noch schlimmer. Das Donnern wurde lauter und lauter und das gesamte Gebäude begann in seinen Grundfesten zu beben. Überall entstanden große Risse. Von allen Seiten erklang das Splittern von Glas. Michael sah, wie der ganze Komplex auseinanderzubrechen begann, und fühlte, wie ihm der Boden unter den Füßen weggerissen wurde. Dies war das Hauptbeben. Verzweifelt packte Michael Talitha und drückte sie fest an sich. Da geschah es. Das *Marinarium* stürzte mit ohrenbetäubendem Krachen in sich zusammen. Die gesamte Terrasse begann zu kippen und glitt langsam in die Lagune hinein. Das Wasser spritzte hoch auf und schäumte, als ob es kochte. Beide gerieten mit dem Kopf unter Wasser, ließen sich los und kamen aus eigener Kraft wieder hoch. Dort wurden sie von den beiden Delfinen erwartet, die sie schnell mitnahmen, weg von dem Ort des Unheils.

Dicks Boot kam auf sie zu, und erst da sah Michael, dass noch jemand anders an Bord war. Er erschrak, als er die Uniform des Wachdienstes erkannte. Der Mann rief ihnen aus einigen Metern Entfernung etwas zu.

»Schnell an Bord mit euch. Wir müssen hier weg, denn das Schlimmste kommt erst noch.«

Ein Schock durchfuhr Michael, als er die Stimme erkannte. Es war die seines Vaters! Wie um alles in der Welt war der hierhergekommen? Sofort ließ er Derby los und eilte zum Boot. Dort wurde er von Ben Jansen an Bord gehoben. Dick half Talitha. Michael wollte seinen Vater mit Fragen überhäufen, aber der war nicht bereit, darauf einzugehen.

»Später«, war die einzige Antwort. »Jetzt müssen wir zusehen, dass wir hier wegkommen. Dick, hol alles aus deinem Boot heraus. Wir müssen sofort ins offene Meer. Sonst überleben wir das nicht.« 

Dick zog an den beiden Hebeln. Die Motoren heulten

auf und der Bug des Bootes stieg aus dem Wasser. Das Gefährt preschte los und verließ in schwindelerregender Geschwindigkeit die Lagune.

Durch den ohrenbetäubenden Lärm konnten sie kein Wort miteinander wechseln. Michael verstand nicht, warum auf einmal so eine Eile nötig war, und schon gar nicht, warum sie jetzt auf das offene Meer hinaus mussten. Aber seine Gedanken wurden schnell abgelenkt, denn Talitha kroch dicht an ihn heran. Sie hatte die einzige Decke bekommen, die Dick an Bord hatte, und legte sie um sie beide, sodass Michael sich ebenfalls aufwärmen konnte.

Lange konnte er dieses angenehme Gefühl allerdings nicht genießen. Fünf Kilometer weiter verlangsamte das Boot die Fahrt. Michael sah auf und traute seinen Augen kaum. Am Horizont wurde ein dunkler Streifen sichtbar. Fassungslos starrte er darauf. Für einen Moment dachte er, sein Verstand würde ihm einen Streich spielen. Alle sahen, wie der Streifen an Größe zunahm und mit rasender Geschwindigkeit auf sie zukam. Auf Befehl von Ben Jansen schaltete Dick den Motor aus und das Boot kam zum Stillstand. Das Brummen verstummte und ein anderes Geräusch kam auf. Es erinnerte an das Rauschen eines riesigen Wasserfalles. Aber eines Wasserfalles, der rasend schnell näher kam.

»Das ist ein Tsunami!«, hörte Michael seinen Vater noch sagen. »Klammert euch ans Boot und lasst es auf keinen Fall los, wie oft es sich auch um sich selbst dreht. Das wird ein Kampf auf Leben und Tod.«



Mehr hörte Michael schon nicht mehr. Das Geräusch

war mittlerweile höllisch. Eine meterhohe Mauer aus schäumendem Wasser stürmte direkt auf sie zu. Zusammen mit Talitha folgte er dem Beispiel seines Vaters und klammerte sich fest. Zum ersten Mal sah er Todesangst in Talithas Augen. War dies das große Monster, das Mama Loeka vorausgesagt hatte?

Wenn sie großes Glück hatten, würde der Tsunami über sie hinwegrollen. Vor der Küste würde er zu einer Flutwelle anwachsen, die Dutzende Meter hoch sein würde und in das Land strömen würde. Michael wusste, dass sie hier auf dem Meer noch am sichersten waren. Ein Schlauchboot galt als stabil gebautes Gefährt. Weil es mit Luft gefüllt war, war es normalerweise unsinkbar. Aber wie normal war schon eine solche Flutwelle?, fragte sich Michael.

Die rasende Wasserwand war keine hundert Meter mehr von ihnen entfernt, als Derby neben dem Boot auftauchte. Er hatte sie gerade noch eingeholt. Er keckerte eine Weile, als ob er zeigen wollte, dass er auch noch da war. Dann tauchte er in die sichere Tiefe.

Jetzt mussten sie alle tief einatmen. Michael klammerte sich fest und schloss die Augen. Im nächsten Augenblick wurde das Schlauchboot von einer riesigen Wassermasse überspült. Alle spürten sofort das Gewicht von Tonnen von Flüssigkeit. Das Boot wurde in die Tiefe gerissen, wo es sich wieder und wieder um die eigene Achse drehte.

Währenddessen strömte die brausende Masse vorbei und setzte ihren Weg in Richtung Küste fort. Sobald sie flachere Bereiche erreichte, wuchs die Flutwelle zu unvorstellbarer Höhe an. Kein Hindernis konnte sie noch aufhalten und so wurde kurz darauf das gesamte Küstengebiet geflutet. Ganze Landschaften verschwanden unter Wasser. Kilometerweit raste das Wasser ins Land hinein und riss auf seiner Vernichtungstour alles mit sich.

Je weiter die Flutwelle ins Land drang, desto mehr nahm ihre Kraft ab. Sobald das Wasser seinen höchsten Punkt erreicht hatte, begann es sich zurückzuziehen. Zuerst langsam, und dann rasend schnell.

Zurück blieb ein einziger Morast.

# SECHZEHN

Der Pilot, der das Erkundungsflugzeug der Küstenwache steuerte, hatte den orangefarbenen Punkt sofort bemerkt. Die Maschine schwenkte nach links und verließ ihre geplante Route.

»Er hat uns gesehen!«, rief Dick überglücklich und fing wie ein Irrer an zu winken. Auch die anderen schossen hoch. Jetzt würde es wahrscheinlich nicht mehr lange dauern, bis sie von einem Rettungsteam aus dem Wasser gefischt wurden.

Als sie vor einer guten Stunde von der Flutwelle überspült worden waren, hatten sie gebetet, dass das Schlauchboot ganz bleiben würde. Und es erwies sich tatsächlich als sehr stabil. Nach einer endlos scheinenden Minute riss sich das Boot aus den Strudeln los und trieb langsam nach oben. Es war voller Wasser, und alles, was nicht gut befestigt gewesen war, war verschwunden. Sogar die beiden schweren Motoren waren weggerissen worden. Weil es nichts mehr gab, mit dem man schöpfen konnte, begannen die vier, das Wasser mit den Händen aus dem Boot zu schaufeln. Davon wurde ihnen warm. Zum Glück war noch kein Wind aufgekommen und die kalifornische Frühjahrssonne begann auch einigermaßen zu wärmen.

Als das Erkundungsflugzeug in geringer Höhe über ihnen hinwegflog, winkten sie mit allen Kleidungsstücken, die sie erübrigen konnten. Sogar Derby, der die ganze Zeit in ihrer Nähe geblieben war, machte einige auffällige Kapriolen.

Die Maschine drehte noch einige Runden um sie herum und flog dann weiter in Richtung Küste. Es hatte die Botschaft begriffen.

»Jetzt wird es nicht mehr lange dauern, bis Hilfe kommt«, sagte Ben Jansen erleichtert. »Wahrscheinlich schicken sie einen Hubschrauber. Aber bis dahin würde ich noch gerne das Ende deiner Geschichte hören.«

Michael setzte sich hin und versuchte, den Faden wiederaufzunehmen.

»Wo war ich gerade?«

»An dem Freitagmorgen, an dem du bei uns aufgewacht bist«, antwortete Talitha. »Als Jean-Baptiste dir gesagt hat, dass er das Wasserflugzeug gesehen hat.«

»Oh ja, und damit war das Geheimnis um die *Comberbach* und den rosa Delfin gelöst. Denn wie ich vorhin schon gesagt habe, hat uns Jean-Baptiste erzählt, was in der Nacht vom zehnten auf den elften März passiert ist. Wie er sagte, hat die *Comberbach* Long Island gegen Mitternacht passiert. In diesem Moment war der Sturm losgebrochen. Auf der Höhe des Conception Reef bemerkte er Lichtsignale von einem Fahrzeug, das unzweifelhaft in Not war. Sobald das Schiff in die Nähe kam, sah Jean-Baptiste, dass es ein Wasserflugzeug war. Einige Stunden zuvor hatte es dort eine Notlandung machen müssen. Zusammen mit dem Kapitän versuchte er, die Mannschaft des Flugzeugs zu retten, aber dann nahm das Unheil seinen Lauf. Die *Comberbach* stieß mit dem Flugzeug zusammen, wobei einer der Schwimmer beschädigt wurde. Dadurch begann das Flugzeug zu sinken. Im selben Augenblick verhedderte sich das Kabel, das sie ausgeworfen hatten, in ihrer eigenen Schraube. Die *Comberbach* ließ sich nicht mehr steuern und landete quer zu den Wellen. Die Ladung, die eilig an Bord gebracht worden und vermutlich nicht gut gesichert gewesen war, rutschte auf eine Seite. Dadurch bekam das Schiff Schlagseite. Auf einmal strömte alles voller Wasser, sodass die *Comberbach* schließlich unterging. Es gab nur zwei, die dieses Doppeldrama überlebten. Jean-Baptiste und … der rosa Delfin.«

»Der rosa Delfin?«, fragte Talitha verwundert. Davon hatte ihr Michael bisher noch nichts erzählt.

»Wie kommst du denn darauf?«, fragte sie schließlich.

»Er war an Bord des Wasserflugzeugs.«

»Bist du dir da sicher?«

»Ganz sicher. Nach und nach habe ich von Roby erfahren, dass das Wasserflugzeug aus Brasilien stammte. Einen Tag zuvor war es in schwer zugänglichem Gebiet losgeflogen. An Bord war ein gewisser Doktor John Stevens. Er arbeitete als Biologe für das *Marinarium* und war auf Flussdelfine spezialisiert. Den Rest habe ich in einem Lexikon nachgelesen. Unser rosa Delfin ist ein außergewöhnlich großes Exemplar einer sehr seltenen Tierart. In den Augen der Indianer von Brasilien ist er ein heiliges Wesen, aber für Goldberg sollte er zu einem der Zugpferde für sein *Marinarium* werden. John Stevens fing das Tier ein. Doch auf dem Rückflug nach Amerika musste das Flugzeug bei Long Island notlanden. Als es sank, konnte der Delfin entkommen. Weil er ein Süßwassertier ist, konnte er nicht lange im Salzwasser bleiben. Darum suchte er das blaue Loch bei der Ruine auf, das mit dem Meer in Verbindung steht. Aber Goldberg ließ seine Beute nicht los. Er suchte sie mit der *Leviathan*. Er schien wirklich viel für ihn übrig zu haben.«

»Und trotzdem ist all das nur der Deckmantel für etwas anderes«, unterbrach Ben Jansen ihn. »Ich würde fast sagen, dass das Ganze eher eine Art Hobby von Goldberg ist. Denn in Wirklichkeit ist er ein Krimineller, der einen neuen Weg gefunden hatte, schnelles Geld zu verdienen.«

»Da bin ich jetzt aber gespannt«, rief Michael. »Denn was der Kerl tatsächlich im Schilde führte, habe ich nicht herausfinden können.«

»Aber ich«, antwortete sein Vater. »Denn genau deswegen war ich im *Marinarium*.«

»Erzähl!«

»Als ich vor zwei Wochen Long Island verlassen habe, dachte ich, dass ich an einer wissenschaftlichen Expedition im Stillen Ozean teilnehmen würde. Stattdessen bekam ich den Auftrag, zu untersuchen, welchen dunklen Praktiken seltene Tiere wie Wale und andere Meerestiere zum Opfer fielen. Hierfür wurde ein Biologe gebraucht. Und der sollte sich nicht davon abschrecken lassen, ins Gangstermilieu einzudringen. Mit meinem

Hintergrund war ich die Idealbesetzung dafür. Schließlich erklärte ich mich damit einverstanden mitzuarbeiten. Schon bald wurde ich als Wachmann im *Marinarium* eingestellt. So bekam ich Zugang zu Orten, an die sonst fast niemand kommen konnte. Es gelang mir, in kürzester Zeit verschiedene Beweise gegen Goldberg zu sammeln.«

»Beweise wofür?« Michael brannte vor Neugierde.

»Für den Schmuggel bedrohter Tierarten und deren Produkte! Schmuggel in die ganze Welt! Dafür war das *Marinarium* ein großartiger Deckmantel. Angeblich für die Wissenschaft stellte Goldberg eine ganze Reihe unbekannter Biologen ein. Aber in Wirklichkeit zwang er sie, für ihn zu arbeiten. Im Namen der Wissenschaft bekam er leicht Zugang zu den Reservaten, in denen die Tiere lebten. Dort konnte er schalten und walten, wie er wollte, ohne dass es auffiel. Beamte, die zufällig zu viel sahen, kaufte er. Und wer nicht mitarbeiten wollte, wurde bedroht oder aus dem Weg geräumt.«

»Und damit wird jetzt Schluss sein.«

»Was Goldbergs Aktivitäten betrifft, wahrscheinlich schon. Als ihr gestern am *Marinarium* ankamt, hatte ich schon genug Beweise für die Polizei gesammelt und hätte eigentlich abreisen können.«

»Woher wusstest du, dass wir hier waren?«

»Ich habe euch schon am Eingang erkannt.«

»Was? Wie hast du uns gesehen?«

»Mit einer der Überwachungskameras.«

»Jetzt verstehe ich, warum wir doch noch reindurften!«, rief Michael. »Das warst du!«

»Genau. Ich wollte euch so schnell wie möglich warnen und habe auf den passenden Moment dafür gewartet. Aber es ist mir nicht gelungen, denn ihr wart plötzlich vom Bildschirm verschwunden.«

»Dann hast du auch die beiden Delfine befreit.«

»Genau. Das hatte ich übrigens schon länger vor. Aber eure Ankunft und das Erdbeben haben mich dazu gezwungen, schneller einzugreifen.«

»Wo der rosa Delfin jetzt wohl ist?«, fragte Talitha auf einmal.

»Das ist schwer zu sagen«, antwortete Ben Jansen. »Aber er hat gute Chancen, die Katastrophe zu überleben. Hoffentlich hören wir noch von ihm.«

Auf einmal erklang aus der Ferne ein vertrautes Geräusch. Ein großer Hubschrauber der amerikanischen Armee kam flach über dem Wasser auf sie zugeflogen. Sie winkten alle, was aber eigentlich nicht mehr nötig war. Der Hubschrauberpilot hatte sie schon längst gesehen.

Direkt über dem Schlauchboot blieb der Hubschrauber in der Luft hängen. Ein Seil wurde herabgelassen und einer nach dem anderen nach oben gezogen. Nach Talitha kam Michael dran. Vom Hubschrauber aus winkten sie Derby zu, der schon wieder Richtung Küste zurückschwamm.

»Das ist ja ein Ding«, sagte der Mann, der ihnen an Bord geholfen hatte. »Das ist jetzt schon der zweite Delfin, der sich heute Morgen als Helfer entpuppt.«



»Wieso?«, fragte Michael.

»Vor einer guten Stunde haben wir in einem überfluteten Gebiet eine Frau evakuiert. Sie hat gesagt, dass ein rosa Delfin sie gerettet hätte. Wenn ich das Tier nicht mit meinen eigenen Augen gesehen hätte, hätte ich ihr nicht geglaubt.«

Talitha und Michael sahen sich an und flogen sich um den Hals.

Ihrem Delfin war also nichts passiert!

Ben Jansen wurde als Letzter an Bord gezogen. Die Luke wurde zugeklappt und der Hubschrauber flog langsam los. Unter ihnen durchbrach etwas Dunkles die Wasseroberfläche. Ein großes Auge verfolgte noch eine ganze Weile das Menschending, das in der Ferne verschwand. Zufriedenes Knurren erklang und die Wellen schlossen sich erneut.